美绘经典系列

繁星春水

冰心 著

杜斌 绘

母亲呵！这零碎的篇儿，你能看一看么？这些字，
在没有我以前，已隐藏在你的心怀里。

吉林美术出版社　山东美术出版社

选读坊
CINTENTS

假如生命是无趣的，我怕有来生，假如生命是有趣的，今生已是满足的了。——冰 心

内 容 简 介

　　《繁星》《春水》是冰心在印度诗人泰戈尔《飞鸟集》的影响下写成的。用她自己的话来说，是将一些"零碎的思想"收集到一个集子里。这两本诗集是冰心生活、感情、思想的自然酿造，在中外享有很高的声誉；是冰心女士最得意的两部诗歌集，也是人们公认的小诗的最高成就。《繁星》共包含164首小诗，《春水》是《繁星》的姊妹篇，由182首小诗组成。两部诗集虽然发表的时间不同，但主题都是：母爱、自然、童真。这样的主题构筑了冰心作品的思想内涵 ——"爱的哲学"。 正是这两本诗集使那么多青年的久已沉默的心弦受到拨动，从而在她的影响下，促使"五四"以来的新诗进入了一个小诗流行的时代。

繁星 自序

——

冰 心

　　一九一九年的冬夜，和弟弟冰仲围炉读泰戈尔（R.Tagore）的《迷途之鸟》（Stray Birds），冰仲和我说："你不是常说有时思想太零碎了，不容易写成篇段么? 其实也可以这样的收集起来。"从那时起，我有时就记下在一个小本子里。

　　一九二〇年的夏日，二弟冰叔从书堆里，又翻出这小本子来。他重新看了，又写了"繁星"两个字，在第一页上。

　　一九二一年的秋日，小弟弟冰季说，"姊姊! 你这些小故事，也可以印在纸上么?" 我就写下末一段，将它发表了。

　　是两年前零碎的思想，经过三个小孩子的鉴定。《繁星》的序言，就是这个。

冰心

1921年9月1日

繁星　上部
——
冰心

一

繁星闪烁着——
　　深蓝的太空,
　　何曾听得见他们对语?
沉默中,
　　微光里,
　　　　他们深深的互相颂赞了。

二

童年呵!
是梦中的真,
　　是真中的梦,
　　是回忆时含泪的微笑。

三

万顷的颤动——
　　深黑的岛边,
　　　　月儿上来了,
生之源,
　　死之所!

四

小弟弟呵!
我灵魂中三颗光明喜乐的星。
温柔的,
　　无可言说的,
　　　　灵魂深处的孩子呵!

五

黑暗，
　怎样的描画呢？
心灵的深深处，
　宇宙的深深处，
　　灿烂光中的休息处。

六

镜子——
　对面照着，
反而觉得不自然，
　不如翻转过去好。

七

醒着的，
　只有孤愤的人罢！
听声声算命的锣儿，
　敲破世人的命运。

八

残花缀在繁枝上；
鸟儿飞去了，
　撒得落红满地——
　　生命也是这般的一瞥么？

九

梦儿是最瞒不过的呵，
清清楚楚的，
　诚诚实实的，
　　告诉了
你自己灵魂里的密意和隐忧。

一〇

嫩绿的芽儿，
　和青年说：
　"发展你自己！"

淡白的花儿，
　和青年说：
　"贡献你自己！"

深红的果儿，
　和青年说：
　"牺牲你自己！"

一一

无限的神秘，
　何处寻它？
微笑之后，
　言语之前，
　　便是无限的神秘了。

一二

人类呵!
相爱罢,
　我们都是长行的旅客,
　　向着同一的归宿。

一三

一角的城墙,
　蔚蓝的天,
　　极目的苍茫无际 ——
　　　即此便是天上 —— 人间。

一四

我们都是自然的婴儿,
　卧在宇宙的摇篮里。

一五

小孩子!
你可以进我的园,
　你不要摘我的花 ——
看玫瑰的刺儿,
　刺伤了你的手。

一六

青年人呵!
为着后来的回忆,
　小心着意的描你现在的图画。

一七

我的朋友!

为什么说我"默默"呢?

世间原有些作为,

　　超乎语言文字以外。

一八

文学家呵!

着意的撒下你的种子去,

　　随时随地要发现你的果实。

一九

我的心,

　　孤舟似的,

　　穿过了起伏不定的时间的海。

二〇

幸福的花枝,

　　在命运的神的手里,

　　　　寻觅着要付与完全的人。

二一

窗外的琴弦拨动了,

　　我的心呵!

怎只深深的绕在余音里?

是无限的树声,

　　是无限的月明。

二二

生离——
　　是朦胧的月日，
死别——
　　是憔悴的落花。

二三

心灵的灯，
　　在寂静中光明，
　　　　在热闹中熄灭。

二四

向日葵对那些未见过白莲的人，
　　承认他们是最好的朋友。
白莲出水了，
　　向日葵低下头了：
她亭亭的傲骨，
　　分别了自己。

二五

死呵！
起来颂扬它；
是沉默的终归，
　　是永远的安息。

二六

高峻的山巅,

　深阔的海上 ——

是冰冷的心,

　是热烈的泪;

可怜微小的人呵!

二七

诗人,

　是世界幻想上最大的快乐,

　也是事实中最深的失望。

二八

故乡的海波呵!

你那 飞溅的浪化,

从前怎样一滴一滴的敲我的盘石,

　现在也怎样一滴一滴的敲我的心弦。

二九

我的朋友,

　对不住你;

我所能付与的慰安,

　只是严冷的微笑。

三〇

光阴难道就这般的过去么?
除却缥缈的思想之外,
　　一事无成!

三一

文学家是最不情的——
　　人们的泪珠,
　　　便是他的收成。

三二

玫瑰花的刺,
　　是攀摘的人的嗔恨,
　　是她自己的慰乐。

三三

母亲呵!
撇开你的忧愁,
　　容我沉酣在你的怀里,
　　　只有你是我灵魂的安顿。

三四

创造新陆地的,
　　不是那滚滚的波浪,
　　却是它底下细小的泥沙。

三五

万千的天使，

　　要起来歌颂小孩子；

小孩子！

他细小的身躯里，

　　含着伟大的灵魂。

三六

阳光穿进石隙里，

　　和极小的刺果说：

　　"借我的力量伸出头来罢，

　　解放了你幽囚的自己！"

树干儿穿出来了，

　　坚固的盘石，

　　裂成两半了。

繁星　下部

——

冰心

三七

艺术家呵！

你和世人，

　　难道终久的隔着一重光明之雾？

三八

井栏上，

　　听潺潺山下的河流——

　　　　料峭的天风，

　　　　　　吹着头发；

天边——地上，

　　一回头又添了几颗光明，

　　　　是星儿，

　　　　还是灯儿？

三九

梦初醒处，

　　山下几叠的云衾里，

　　　　瞥见了光明的她。

朝阳呵！

临别的你，

　　已是堪怜，

　　　　怎似如今重见！

四〇

我的朋友！
你不要轻信我，
　　赊你以无限的烦恼，
　　　我只是受思潮驱使的弱者呵！

四一

夜已深了，
　　我的心门要开着——
一个浮踪的旅客，
　　思想的神，
　　　在不意中要临到了。

四二

云彩在天空中，
　　人在地面上——
思想被事实禁锢住，
　　便是一切苦痛的根源。

四三

真理，
　　在婴儿的沉默中，
　　　不在聪明人的辩论里。

四四

自然呵！
请你容我只问一句话，
　一句郑重的话：
"我不曾错解了你么？"

四五

言论的花儿
　开的愈大，
行为的果子
　结得愈小。

四六

松枝上的蜡烛，
　依旧照着罢！
反复的调儿，
　弹再一阕罢！
等候着，
　远别的弟弟，
　　从夜色里要到门前了。

四七

儿时的朋友：
海波呵，
　山影呵，
　　灿烂的晚霞呵，

悲壮的喇叭呵；
我们如今是疏远了么？

四八

弱小的草呵！
骄傲些罢，
　　只有你普遍的装点了世界。

四九

零碎的诗句，
　　是学海中的一点浪花罢；
然而它们是光明闪烁的，
　　繁星般嵌在心灵的天空里。

五〇

不恒的情绪，
　　要迎接它么？
它能涌出意外的思潮，
　　要创造神奇的文字。

五一

常人的批评和断定，
　　好像一群瞎子，
　　　　在云外推测着月明。

五二

轨道旁的花儿和石子!
只这一秒的时间里,
　　我和你
　　　是无限之生中的偶遇,
　　　　也是无限之生中的永别;
再来时,
　　万千同类中,
　　　何处更寻你?

五三

我的心呵!
警醒着,
　　不要卷在虚无的旋涡里!

五四

我的朋友!
起来罢,
　　晨光来了,
　　　要洗你的隔夜的灵魂。

五五

成功的花,
　　人们只惊慕她现时的明艳!
　　　然而当初她的芽儿,
　　　　浸透了奋斗的泪泉,
　　　洒遍了牺牲的血雨。

五六

夜中的雨,

　　丝丝的织就了诗人的情绪。

五七

冷静的心,

　　在任何环境里,

　　都能建立了更深微的世界。

五八

不要羡慕小孩子,

　　他们的知识都在后头呢,

　　　　烦闷也已经隐隐的来了。

五九

谁信一个小"心"的呜咽。

　　颤动了世界?

然而它是灵魂海中的一滴。

六〇

轻云淡月的影里,

　　风吹树梢——

　　　　你要在那时创造你的人格。

六一

风呵！

不要吹灭我手中的蜡烛，

　我的家远在这黑暗长途的尽处。

六二

最沉默的一刹那顷，

　是提笔之后，

　　下笔之前。

六三

指点我罢，

　我的朋友！

我是横海的燕子，

　要寻觅隔水的窝巢。

六四

聪明人！

　要提防的是：

忧郁时的文字，

　愉快时的言语。

六五

造物者呵！

谁能追踪你的笔意呢？

百千万幅图画，

　每晚窗外的落日。

六六

深林里的黄昏，
　　是第一次么？
又好似是几时经历过。

六七

渔娃！
可知道人羡慕你？
终身的生涯，
　　是在万顷柔波之上。

六八

诗人呵！
缄默罢；
写不出来的，
　　是绝对的美。

六九

春天的早晨，
　　怎样的可爱呢！

融洽的风，

　　飘扬的衣袖，

　　　　静悄的心情。

七〇

空中的鸟！

何必和笼里的同伴争噪呢？

你自有你的天地。

七一

这些事——

　　是永不漫灭的回忆；

月明的园中，

　　藤萝的叶下，

　　　　母亲的膝上。

七二

西山呵！

别了！

我不忍离开你，

　　但我苦忆我的母亲。

七三

无聊的文字，

　　抛在炉里，

　　　　也化作无聊的火光。

七四

婴儿，
　是伟大的诗人，
　　在不完全的言语中，
　　吐出最完全的诗句。

七五

父亲呵！
出来坐在月明里，
　我要听你说你的海。

七六

月明之夜的梦呵！
远呢？
近呢？
但我们只这般不言语，
听——听
这微击心弦的声！
眼前光雾万重，
　柔波如醉呵！
沉——沉。

七七

小盘石呵，
坚固些罢，
　准备着前后相催的波浪！

七八

真正的同情,
　　在忧愁的时候,
　　不在快乐的期间。

七九

早晨的波浪,
　　已经过去了;
晚来的潮水,
　　又是一般的声音。

八〇

母亲呵!
我的头发,
　　披在你的膝上,
　　　　这就是你付与我的万缕柔丝。

八一

深夜!
请你容疲乏的我,
　　放下笔来,
　　　　和你有少时寂静的接触。

八二

这问题很难回答呵,
　　我的朋友!
什么可以点缀了你的生活?

八三

小弟弟！

你恼我么？

灯影下，

　我只管以无稽的故事，

　　来骗取你，

绯红的笑颊，

　凝注的双眸。

八四

寂寞呵！

多少心灵的舟，

　在你软光中浮泛。

八五

父亲呵！

我愿意我的心，

　像你的佩刀，

　　这般的寒生秋水！

八六

月儿越近，

　影儿越浓，

　　生命也是这般的真实么？

八七

知识的海中，

　神秘的礁石上，

　　处处闪烁着怀疑的灯光呢。

感谢你指示我，

　生命的舟难行的路！

八八

冠冕？
是暂时的光辉，
　　是永久的束缚。

八九

花儿低低的对看花的人说：
　"少顾念我罢，
　　我的朋友！
让我自己安静着，
　　开放着，
　　　你们的爱
是我的烦扰。"

九〇

坐久了，
　　推窗看海罢！
将无边感慨，
　　都付与天际微波。

九一

命运！
难道聪明也抵抗不了你？
生——死
　　都挟带着你的权威。

九二

朝露还串珠般呢！

去也——

　　风冷衣单

　　　何曾入到烦乱的心？

朦胧里数着晓星，

　　怪驴儿太慢，

　　　山道太长——

梦儿欺枉了我，

　　母亲何曾病了？

归来也——

　　辔儿缓了，

　　　阳光正好，

　　　　野花如笑；

看朦胧晓色，

　　隐着山门。

九三

我的心呵！

是你驱使我呢，

　　还是我驱使你？

九四

我知道了，

　　时间呵！

你正一分一分的，
　　消磨我青年的光阴！

九五

人从枝上折下花儿来，
　　供在瓶里——
　　　到结果的时候，
　　　却对着空枝叹息。

九六

影儿落在水里，
　　句儿落在心里，
　　　都一般无痕迹。

九七

是真的么？
人的心只是一个琴匣，
　　不住的唱着反复的音调！

九八

青年人！
信你自己罢！
只有你自己是真实的，
　　也只有你能创造你自己。

九九

我们是生在海舟上的婴儿，

　　不知道

先从何处来，

　　要向何处去。

一〇〇

夜半——

　　宇宙的睡梦正浓呢！

独醒的我，

　　可是梦中的人物？

一〇一

弟弟呵！

似乎我不应勉强着憨嬉的你，

　　来平分我孤寂的时间。

一〇二

小小的花，

　　也想抬起头来，

　　　感谢春光的爱——

然而深厚的恩慈，

　　反使她终于沉默。

母亲呵！

你是那春光么？

一〇三

时间！

现在的我，

　太对不住你么？

然而我所抛撇的是暂时的，

　我所寻求的是永远的。

一〇四

窗外人说桂花开了，

　总引起清绝的回忆；

一年一度，

　中秋节的前三日。

一〇五

灯呵！

感谢你忽然灭了；

在不思索的挥写里，

　替我匀出了思索的时间。

一〇六

老年人对小孩子说：

　"流泪罢，

　　叹息罢，

　　　世界多么无味呵！"

小孩子笑着说：

　"饶恕我，

先生！

我不会设想我所未经过的事。"

小孩子对老年人说

"笑罢，

　　跳罢，

　　　世界多么有趣呵！"

老年人叹着说：

"原谅我，

　　孩子！

我不忍回忆我所已经过的事。"

一〇七

我的朋友！

珍重些罢，

　不要把心灵中的珠儿，

　　抛在难起波澜的大海里。

一〇八

心是冷的，

　泪是热的；

心——凝固了世界，
　泪——温柔了世界。

一〇九

漫天的思想，
　收合了来罢！
你的中心点，
　你的结晶，
　　要作我的南针。

一一〇

青年人呵！
你要和老年人比起来，
就知道你的烦闷，
　是温柔的。

一一一

太单调了么？
琴儿，
　我原谅你！
你的弦，
　本弹不出笛儿的声音。

一一二

古人呵！
你已经欺哄了我，
　不要引导我再欺哄后人。

一一三

父亲呵！

我怎样的爱你，

　　也怎样爱你的海。

一一四

"家"是什么，

　　我不知道；

但烦闷——忧愁，

　　都在此中融化消灭。

一一五

笔在手里，

　　句在心里，

　　　　只是百无安顿处——

　　　　　　远远地却引起钟声！

一一六

海波不住的问着岩石，

　　岩石永久沉默着不曾回答；

然而它这沉默，

　　已经过百千万回的思索。

一一七

小茅棚，

　　菊花的顶子——

在那里
要感出宇宙的独立!

一一八

故乡!
何堪遥望,
　何时归去呢?
白发的祖父,
　不在我们的园里了!

一一九

谢谢你,
　我的琴儿!
月明人静中,
　为我颂赞了自然。

一二〇

母亲呵!
这零碎的篇儿,
　你能看一看么?
这些字,
　在没有我以前,
　　已隐藏在你的心怀里。

一二一

露珠,
　宁可在深夜中,

和寒花作伴——
　　却不容那灿烂的朝阳，
　　给她丝毫暖意。

一二二

我的朋友！
真理是什么，
　　感谢你指示我；
然而我的问题，
　　不容人来解答。

一二三

天上的玫瑰，
　　红到梦魂里；
天上的松枝，
　　青到梦魂里；
天上的文字，
　　却写不到梦魂里。

一二四

"缺憾"呵！
"完全"需要你，
　　在无数的你中，
　　衬托出它来。

一二五

蜜蜂，
　　是能溶化的作家；

从百花里吸出不同的香汁来？

酿成它独创的甜蜜。

一二六

荡漾的，是小舟么？

青翠的，是岛山么？

蔚蓝的，是大海么？

我的朋友！

重来的我，

何忍怀疑你，

只因我屡次受了梦儿的欺枉。

一二七

流星，

飞走天空，

可能有一秒时的凝望？

然而这一瞥的光明，
　　已长久遗留在人的心怀里。

一二八

澎湃的海涛，
　　沉黑的山影——
　　夜已深了，
　　　　不出去罢。
看呵！
一星灯火里，
　　军人的父亲，
　　　　独立在旗台上。

一二九

倘若世间没有风和雨，
　　这枝上繁花，
　　　　又归何处？
只惹得人心生烦厌。

一三〇

希望那无希望的事实，
　　解答那难解答的问题，
　　　　便是青年的自杀！

一三一

大海呵！
　　哪一颗星没有光？

哪一朵花没有香?

哪一次我的思潮里

　　没有你波涛的清响?

一三二

我的心呵!

你昨天告诉我,

　　世界是欢乐的;

今天又告诉我,

　　世界是失望的;

明天的言语,

　　　又是什么?

教我如何相信你!

一三三

我的朋友!

未免太忧愁了么?

"死"的泉水,

　　是笔尖下最后的一滴。

一三四

怎能忘却?

夏之夜,

　　明月下,

幽栏独倚。

粉红的莲花,

深绿的荷盖，
　　缟白的衣裳！

一三五

我的朋友！
你曾登过高山么？
你曾临过大海么？
在那里，
　　是否只有寂寥？
　　只有"自然"无语？
你的心中
　　是欢愉还是凄楚？

一三六

风雨后——
　　花儿的芬芳过去了，
　　花儿的颜色过去了，
果儿沉默的在枝上悬着。
花的价值，
　　要因着果儿而定了！

一三七

聪明人！
抛弃你手里幻想的花罢！
她只是虚无缥缈的，
　　反分却你眼底春光。

一三八

夏之夜，

　　凉风起了！

　　　　襟上兰花气息，

　　　　绕到梦魂深处。

一三九

　　虽然为着影儿相印：

我的朋友！

　　你宁可对模糊的镜子，

　　不要照澄澈的深潭，

　　　　她是属于自然的！

一四〇

小小的命运，

　　每日的转移青年；

命运是觉得有趣了，

　　然而青年多么可怜呵！

一四一

思想，

　　只容心中游漾。

刚拿起笔来，

　　神趣便飞去了。

一四二

一夜——
　听窗外风声。
　　可知道寄身山巅?
烛影摇摇,
　影儿怎的这般清冷?
似这般山河如墨,
　只是无眠——

一四三

　心潮向后涌着,
　　时间向前走着;
青年的烦闷,
　便在这交流的旋涡里。

一四四

阶边,
　花底,
　　微风吹着发儿,
　　　是冷也何曾冷!

这古院——

　这黄昏——

　这丝丝诗意——

　　绕住了斜阳和我。

一四五

心弦呵！

弹起来罢——

　让记忆的女神，

　　和着你调儿跳舞。

一四六

文字，

　开了矫情的水闸；

听同情的泉水，

　深深地交流。

一四七

将来，

　明媚的湖光里，

　　可有个矗立的碑？

怎敢这般沉默着——想。

一四八

只这一枝笔儿：

拿得起，

放得下，

便是无限的自然！

一四九

无月的中秋夜，

是怎样的耐人寻味呢！

隔着层云，

隐着清光。

一五〇

独坐——

山下湿云起了。

更隔院断续的清磬。

这样黄昏，

这般微雨，

只做就些儿惆怅！

一五一

智慧的女儿！

向前迎住罢，

"烦闷"来了，

要败坏你永久的工程。

一五二

我的朋友！

不要任凭文字困苦你；

文字是人做的，

　人不是文字做的!

一五三

是怜爱，

　是温柔，

　　是忧愁——

这仰天的慈像，

　融化了我冻结的心泉。

一五四

总怕听天外的翅声——

小小的鸟呵!

羽翼长成，

　你要飞向何处?

一五五

白的花胜似绿的叶，

　浓的酒不如淡的茶。

一五六

清晓的江头，

　白雾濛濛，

是江南天气，

　雨儿来了——

　　我只知道有蔚蓝的海，

却原来还有碧绿的江，
这是我父母之乡！

一五七

因着世人的临照，
只可以拂拭镜上的尘埃，
却不能增加月儿的光亮。

一五八

我的朋友！
雪花飞了，
我要写你心里的诗。

一五九

母亲呵！
天上的风雨来了，
鸟儿躲到它的巢里；
心中的风雨来了，
我只躲到你的怀里。

一六〇

聪明人！
文字是空洞的，
言语是虚伪的；
你要引导你的朋友，
只在你
自然流露的行为上！

一六一

大海的水，
　　是不能温热的；
孤傲的心，
　　是不能软化的。

一六二

青松枝，
　　红灯彩，
　　　　和那柔曼的歌声 ——
小弟弟！
感谢你付与我，
　　寂静里的光明。

一六三

片片的云影，
　　也似零碎的思想么？
然而难将记忆的本儿，
　　将它写起。

一六四

我的朋友！
别了，
　　我把最后一页，
　　　　留与你们！

春水

——

自 序

"母亲呵!
这零碎的篇儿,
　　你能看一看么?
这些字,
　　在没有我以前
　　已隐藏在你的心怀里。"

　　　　　　　　　　　　——录《繁星》一二〇

　　　　　　　　　　　　　　　　冰心

　　　　　　　　　　　　　　1922年11月21日

一

春水!
　　又是一年了,
　　还这般的微微吹动。
可以再照一个影儿么?

春水温静的答谢我说:
　　"我的朋友!
　　我从来未曾留下一个影子,
　　　不但对你是如此。"

二

四时缓缓的过去——
百花互相耳语说:
　　"我们都只是弱者!

甜香的梦

　　轮流着做罢，

　憔悴的杯

　　也轮流着饮罢，

上帝原是这样安排的呵！"

三

青年人！

你不能像风般飞扬，

　　便应当像山般静止。

浮云似的

　　无力的生涯，

只做了诗人的资料呵！

四

芦荻，

　　只伴着这黄波浪么？

趁风儿吹到江南去罢！

五

一道小河

　　平平荡荡的流将下去，

只经过平沙万里——

　　自由的，

　　　沉寂的，

它没有快乐的声音。

一道小河
　　曲曲折折的流将下去,
只经过高山深谷 ——
　　　险阻的,
　　　　挫折的,
它也没有快乐的声音。

我的朋友!
感谢你解答了
　　我久闷的问题,
平荡而曲折的水流里,
　　青年的快乐
　　　在其中荡漾着了!

六

诗人!
不要委屈了自然罢,
　　"美"的图画,
　　要淡淡的描呵!

七

一步一步的扶走 ——
　　半隐的青紫的山峰
　　怎的这般高远呢?

八

月呵!

　什么做成了你的尊严呢?

深远的天空里,

　只有你独往独来了。

九

倘若我能以达到,

　上帝呵!

何处是你心的尽头,

　可能容我知道?

远了!

　远了!

　我真是太微小了呵!

一〇

忽然了解是一夜的正中,

白日的心情呵!

　不要侵到这境界里来罢。

一一

南风吹了,

将春的微笑

　从水国里带来了!

一二

弦声近了，
　　瞽目者来了，
弦声远了，
　　无知的人的命运
　　也跟了去么？

一三

白莲花！
　　清洁拘束了你了——
但也何妨让同在水里的红莲
　　来参礼呢？

一四

自然唤着说：
　　"将你的笔尖儿
　　浸在我的海里罢！
人类的心怀太枯燥了。"

一五

沉默里，
　　充满了胜利者的凯歌！

一六

心呵！
　　什么时候值得烦乱呢？

为着宇宙，

　　为着众生。

一七

红墙衰草上的夕阳呵！

快些落下去罢，

　　你使许多的青年人颓老了！

一八

冰雪里的梅花呵！

　　你占了春先了。

看遍地的小花

　　随着你零星开放。

一九

诗人！
　　笔下珍重罢！
众生的烦闷
　　要你来慰安呢。

二〇

山头独立，
　　宇宙只一人占有了么？

二一

只能提着壶儿
　　看她憔悴——
同情的水
　　从何灌溉呢？
　　她原是栏内的花呵！

二二

先驱者！
　　你要为众生开辟前途呵，
　　束紧了你的心带罢！

二三

平凡的池水——
　　临照了夕阳，
　　便成金海！

二四

小岛呵!

　　何处显出你的挺拔呢?

无数的山峰

　　沉沦在海底了。

二五

吹就雪花朵朵——

朔风也是温柔的呵!

二六

　　我只是一个弱者!

光明的十字架

　　容我背上罢,

　　我要抛弃了性天里

　　暗淡的星辰!

二七

大风起了!

　　秋虫的鸣声都息了!

二八

影儿欺哄了众生了,

　　天以外——

月儿何曾圆缺?

二九

一般的碧绿，
　　只多些温柔。
西湖呵，
　　你是海的小妹妹么?

三〇

天高了，
　　星辰落了。
　　晓风又与睡人为难了!

三一

诗人!
自然命令着你呢，
　　静下心潮
　　　　听它呼唤!

三二

渔舟归来了，
　　看江上点点的红灯呵!

三三

墙角的花!
你孤芳自赏时，
　　天地便小了。

三四

青年人!
　从白茫茫的地上
　找出同情来罢。

三五

嫩绿的叶儿
　也似诗情么?
颜色一番一番的浓了。

三六

老年人的"过去",
　青年人的"将来",
在沉思里
　都是一样呵!

三七

太空!
揭开你的星网,
容我瞻仰你光明的脸罢。

三八

秋深了!
　树叶儿穿上红衣了!

三九

水向东流，
　　月向西落——
诗人，
　　你的心情
　　　能将她们牵住了么？

四〇

黄昏——深夜
　　槐花下的狂风，
　　　藤萝上的蜜雨，
　　可能容我暂止你？
病的弟弟
　　刚刚睡浓了呵！

四一

小松树!

　容我伴你罢,

　山上白云深了!

四二

晚霞边的孤帆,

在不自觉里

完成了"自然"的图画。

四三

春何曾说话呢?

　但她那伟大潜隐的力量,

　　已这般的

　温柔了世界了!

四四

旗儿举正了,

　聪明的先驱者呵!

四五

山有时倾了,

　海有时涌了。

　一个庸人的心志

　　却终古竖立!

四六

不解放的行为,
　　造就了自由的思想!

四七

人在廊上,
　　书在膝上,
拂面的微风里
　　　知道春来了。

四八

萤儿自由的飞走了,
　　无力的残荷呵!

四九

自然的微笑里,
　　融化了
　　人类的怨嗔。

五〇

何用写呢?
　　诗人自己
便是诗了!

五一

鸡声 ——

　　鼓舞了别人了!

　　它自己可曾得到慰安么?

五二

微倦的沉思里 ——

　　鸽儿的弦风

　　将诗情吹破了!

五三

春从微绿的小草里

　　和青年说:

　　　"我的光照临着你了,

　　　　从枯冷的环境中

　　创造你有生命的人格罢!"

五四

白昼从那里长了呢?

　　远远墙边的树影

　　都困惝得不移动了。

五五

野地里的百合花,

　　只有自然

　　是你的朋友罢。

五六

狂风里——

　　远树都模糊了，

　　造物者涂抹了他黄昏的图画了。

五七

小蜘蛛！

　　停止你的工作罢，

　　只网住些儿尘土呵！

五八

冰似山般静寂，

　　山似水般流动，

诗人可以如此的支配它么？

五九

乘客呼唤着说：

　　"舵工！

　　　小心雾里的暗礁罢。"

舵工宁静的微笑说：

"我知道那当行的水路。

　　这就够了！"

六〇

流星——

　　只在人类内天空里是光明的；

它从黑暗中飞来，

　　又向黑暗中飞去，

　　　生命也是这般的不分明么？

六一

弟弟！

　　且喜又相见了，

　　我回忆中的你，

　　哪能像这般清晰？

六二

我要挽那"过去"的年光，

　　但时间的经纬里

　　已织上了"现在"的丝了！

六三

柳花飞时，

　　燕子来了；

芦花飞时，

　　燕子又去了；

但她们是一样的洁白呵！

六四

婴儿，
在他颤动的啼声中
　　有无限神秘的言语，
从最初的灵魂里带来
　　要告诉世界。

六五

只是一颗孤星罢了！
　　在无边的黑暗里
　　已写尽了宇宙的寂寞。

六六

清绝——
是静寂还是清明？
　　只有凝立的城墙，
　　　　被雪的杨柳，
　　冷又何妨？
白茫茫里走入画图中罢！

六七

信仰将青年人
　　扶上"服从"的高塔以后，
　　便把"思想"的梯儿撤去了。

六八

当我自己在黑暗幽远的道上
当心的慢慢走着,
我只倾听着自己的足音。

六九

沉寂的渊底,
却照着
永远红艳的春花。

七〇

玫瑰花的浓红
在我眼前照耀,
伸手摘将下来,
她却萎谢在我的襟上。

我的心低低的安慰我说:
"你隔绝了她和'自然'的连结,
这浓红便归尘土;
青年人!
留意你枯燥的灵魂。"

七一

当我浮云般
自来自去的时候,
真觉得宇宙太寂寞了!

七二

郁倦的春风
只送些"不宁"来了!
　城墙——
微绿的杨柳——
　都隐没在飞扬的尘土里。
这也是人生断片的烦闷呵!

七三

我的朋友!
　倘若春花自由的开放时,
　　无意中愁苦了你,
你当原谅它是受自然的指挥的。

七四

在模糊的世界中——
　我忘记了最初的一句话,
　　也不知道最后的一句话。

七五

昨日游湖,
　今夜听雨,
　　这雨点已落到我心中的湖上,
　　　滴出无数的叠纹了!

七六

寂寞增加郁闷，
    忙碌铲除烦恼——
我的朋友！
        快乐在不停的工作里！

七七

只坐在阶边说笑——
山上的楼台
    斜阳照着，
何曾不想一登临呢？
    清福不要一日享尽了呵！

七八

可曾有过？
    钓矶独坐——
满湖柔波
    看人春泛。

七九

我愿意在离开世界以前
    能低低告诉它说：
        "世界呵，
    我彻底的了解你了！"

八〇

当我看见绿叶又来的时候，

　　我的心欣喜又感伤了。

勇敢的绿叶呵！

　　记否去秋黯谈的离别呢？

八一

我独自

　　经过了青青的松柏，

　　　上了层层的石阶。

祈年殿

　　庄严地在黄尘里，

　　我——

　　　我只能深深的低首了！

八二

我的朋友，

　　不要让春风欺哄了你。

　　花色原不如花香啊！

八三

微雨的山门下，

　　　石阶湿着——

　　只有独立的我

　　　和缕缕的游云，

　　　这也是"同参密藏"么？

八四

灯下拔了剑儿出鞘，

细看 —— 凝想

只有一腔豪气。

竟忘却

血珠鲜红

泪珠晶白。

八五

我的朋友!

倘若你忆起这一湖春水，

要记住

它原不是温柔，

只是这般冰冷。

八六

谈笑着走下层阶，

斜阳里 ——

偶然后头红墙，

前瞻黄瓦，

霎时间我了解什么是"旧国"了，

我的心灵从此凄动了!

八七

青年人!

只是回顾么?

这世界是不住的前进呵。

八八

春徘徊着来到
　　这庄严的坛上 ——
在无边的清冷里，
只能把一丝春意，
　　交付与阶隙里
　　　微小的草儿了。

八九

桃花无主的开了，
　　小草无主的青了，
世人真痴呵！
　　为何求自然的爱来慰安呢！

九〇

聪明人！
　　在这漠漠的世界上，
　　只能提着"自信"的灯儿
　　　进行在黑暗里。

九一

对着幽艳的花儿凝望，
　　为着将来的果子
　　只得留它开在枝头了！

九二

星儿!

　世人凝注着你了,

导引他们的眼光

　超出太空以外罢!

九三

一阵风来——

　湖水向后流了,

　　石矶向前走了,

迷惘里……

我——我脑中的海岳呵!

九四

什么是播种者的喜悦呢!

　倚锄望——

　　到处有青青之痕了!

九五

月儿——

在天下的水镜里,

　这边光明,

　　那边黯谈。

但在天上却只有一个。

九六

"什么时候来赏雪呢？"

"来日罢，"

"来日"过去了。

"什么时候来游湖呢？"

"来年罢，"

"来年"过去了。

"什么时候来工作呢！

来生么？"

我微笑而又惊悚了！

九七

寥廓的黄昏，

何处着一个彷徨的我？

母亲呵！

我只要归依你，

心外的湖山，

容我抛弃罢！

九八

我不会弹琴，

我只静默的听着；

我不会绘画，

我只沉寂的看着；

我不会表现万全的爱，
我只虔诚的祷告着。

九九

"幽兰!
　　未免太寂寞了，
　　　不愿意要友伴么？"
"我正寻求着呢?
　　但没有别的花儿
　　肯开在空谷里。"

一〇〇

当青年人肩上的重担
　　忽然卸去时，
他勇敢的心
　　便要因着寂寞而悲哀了!

一〇一

我的朋友!
　　最后的悲哀
　　　还须禁受，
在地球粉碎的那一日，
　　幸福的女神，
　　　要对绝望众生
作末一次凄感的微笑。

一〇二

我的问题 ——
　　我的心
　　　　在光明中沉默不答。
我的梦
　　却在黑暗里替我解明了!

一〇三

智慧的女儿!
在不住的抵抗里,
你永远不能了解
　　什么是人类同情。

一〇四

鱼儿上来了,
水面上一个小虫儿飘浮着 ——
在这小小的生死关头,
我微弱的心
　　忽然颤动了!

一〇五

造物者——
　　倘若在永久的生命中
　　　　只容有一极乐的应许。
　　我要至诚地求着:
　　　　"我在母亲的怀里,

　　母亲在小舟里，

　　　小舟在月明的大海里。"

一〇六

诗人从他的心中

　　滴出快乐和忧愁的血。

在不知不觉里

　　已成了世界上同情的花。

一〇七

只是纸上纵横的字 ——

　　纵横的字，

　　　哪有词句呢？

　　只重叠的墨迹里

　　　已留下当初凝想之痕了！

一〇八

母亲呵!
　　乳娘不应诓弄脆弱的我,
　　谁最初的开了
我心宫里悲哀之门呢?

　　——你拭干我现在的
　　微笑中的泪珠罢 ——

楼外丐妇求乞的悲声,
　　将我的心从睡梦中
　　　　重重的敲碎了!
她将我的母亲带去了,
　　母亲不在摇篮边了。
这是我第一次感出
　　世界的虚空呵!

一〇九

夜正长呢!
　　能下些雨儿也好。
窗外果然滴沥了 ——
　　数着雨声罢!
　　只依旧是烦郁么?

一一〇

聪明人,
　　纤纤的月,

完满在后头呢!
　姑且容淡淡的云影
　遮蔽着她罢。

———一

小麻雀!
　休飞进田垄里。
垄里,
　遍地弹机
　正静静的等着你。

——二

浪花愈大,
　凝立的盘石
　在沉默的持守里,
　　快乐也愈大了。

——三

星星——
　只能白了青年人的发,
　不能灰了青年人的心。

——四

我的朋友!
　不要随从我。
我的心灵之灯
　只照自己的前途呵!

一一五

两行的红烛燃起了——
堂下花阴里，
　　隐着浅红的夹衣。
髫年的欢乐
　　容她回忆罢!

一一六

山上的楼窗不见了，
　　灯花烬也!
天风里
　　危岩独倚，
　　便小草也是伴侣了!

一一七

梦未终——
　　窗外日迟迟，
　　　堂前又遇见伊!
牵牛花!
　　昨夜灵魂里攀摘的悲哀，
　　可曾身受么?

一一八

紫藤萝落在池上了。
花架下

长昼无人，
只有微风吹着叶儿响。

一一九

诗人的心灵？
　　只合颤动么？
平凡的急管繁弦，
　　已催他低首了！

一二〇

"祖父千秋
　　同祝一杯酒！"
明灯下，
　　笑声里，
　　面颊都晕红了！

妹姊们！
　　何必当初？
　　　到如今酒阑人散——
　　苦雨孤灯的晚上，
　　　只添我些凄清的回忆呵！

一二一

世人呵！
　　暂时的花儿
　　原不配供在永久的瓶里，
这稚弱的生机，
　　请你怜悯罢！

一二二

自然的话语
　　太深微了，
聪明人的心
　　却是如何的简单呵！

一二三

几天的微雨，
　　将春的消息隔绝了。
无聊里 ——
　　几朵枯花，
　　　只拈来凝想。
　　原是去年的言语呵，
　　　也可作今日的慰安么？

一二四

黄昏了 ——
　　湖波欲睡了 ——
走不尽的长廊呵！

一二五

修养的花儿
　　在寂静中开过去了，
成功的果子
　　便要在光明里结实。

一二六

虹儿!
你后悔么?
  雨后的天空
    偶然出现,
  世间儿女
  已画你的影儿在罗带上了。

一二七

清晓——
  静悄悄地走入园里,
万有都在睡梦中呵!
  除却零零的露珠
    谁是伴侣呢?

一二八

海洋将心情深深的分断了——
  十字架下的婴儿呵!
隔着清波
  只能有泛泛的微笑么?

一二九

朝阳下的鸟声清啭着,
  窗帘吹卷了,
  又听得叶儿细响——
无奈诗人的心灵呵!

不许他拿起笔儿
　　却依旧这般凝想。

一三〇

这时又是谁在海舟上呢?
　　水面黄昏
　　　凭栏的凝眺 ——
　　山中的我
　　　只合空想了。

一三一

青年人!
　　觉悟后的悲哀
　　　只深深的将自己葬了。
　　原也是微小的人类呵!

一三二

花又在瓶里了，
　书又在手里了，
但——
　　是今年的秋雨之夜！

一三三

只两朵昨夜襟上的玉兰，
　便将晓风和朝阳
　都深深地记在心里了。

一三四

命运如同海风——
吹着青春的舟，
　飘摇的，
　　曲折的，
　渡过了时光的海。

一三五

梦里采撷的天花，
　醒来不见了——
我的朋友！
人生原有些愿望！
只能永久的寄在幻想里！

一三六

洞谷里的小花
　无力的开了,
　　又无力的谢了。
便是未曾领略过春光呵,
　却也应晓得!

一三七

沉默着罢!
　在这无穷的世界上,
弱小的我
　原只当微笑
　　不应放言。

一三八

幢幢的人影,
　沉沉的烛光——
都将永别的悲哀,
　和人生之谜语,
　　刻在我最初的回忆里了。

一三九

这奔涌的心潮
　只索倩《楞严》来壅塞了。
无力的人呵!
　究竟会悟到"空不空"么?

一四〇

邀游于梦中罢!
在那里
　　只有自由的言笑,
　　　率真的心情。

一四一

雨后——
　　随着蛙声,
荷盘上的水珠,
　　将衣裳溅湿了。

一四二

玫瑰花开了。
为着无聊的风,
　　小小的水边
　　　竟不想再去了。
诗人的生涯
　　只终于寂寞么?

一四三

揭开自然的帘儿罢!
　　艺术的婴儿,
　　　正卧在真理的娘怀里。

一四四

诗人也只是空写罢了!
　一点心灵——
何曾安慰到
　雨声里痛苦的征人?

一四五

我的心开始颤动了——
　当我默默的
　　敞着楼窗,
　　对着大海,
自然无声的谢我说:
　"我承认我们是被爱的了。"

一四六

经验的花
　结了智慧的果
智慧的果,
　却包着烦恼的核!

一四七

绿荫下
　沉思的坐着——
游丝般的诗情呵!
迷濛的春光
　刚将你抽出来,

叶底园丁的剪刀声
　　又将你剪断了。

一四八

谢谢你!
　　我的朋友!
这朵素心兰
　　请你自己戴着罢。
我又何忍辞谢她?
但无论是玫瑰
　　　　是香兰,
我都未曾放在发儿上。

一四九

上帝呵!
　　即或是天阴阴地,
　　　　　人寂寂地,
　　只要有一个灵魂
　　守着你严静的清夜,
寂寞的悲哀,
　　便从宇宙中消灭了。

一五〇

岩下
　　缓缓的河流,
　　　深深的树影——

指点着

　　细语着,

许多诗意

　　笼盖在月明中。

一五一

浪花后

　　是谁荡桨?

这桨声

　　侵入我深思的圈儿里了!

一五二

先驱者!
　　绝顶的危峰上
　　　可曾放眼?
　　便是此身解脱,
　　　也应念着山下
　　　劳苦的众生!

一五三

笠儿戴着,
　　牛儿骑着,
　　　　眉宇里深思着——
小牧童!
　　一般的沐着大地上的春光呵,
　　　完满的无声的赞扬,
　　诗人如何比得你!

一五四

柳条儿削成小桨,
　　莲瓣儿做了扁舟——
容宇宙中小小的灵魂,
　　轻柔地泛在春海里。

一五五

病后的树荫
　　也比从前浓郁了,
开花的枝头,

却有小小的果儿结着。
我们只是改个庞儿相见呵！

一五六

睡起——
 廊上黄昏，
  薄袖临风；
 庭院水般清，
  心地镜般明；
 是画意还是诗情？

一五七

姊姊！
 清福便独享了罢，
 何须寄我些春泛的新诗？
心灵里已是烦忙
 又添了未曾相识的湖山，
  频来入梦。

一五八

先驱者！
 前途认定了
 切莫回头！
一回头——
 灵魂里潜藏的怯弱，
 要你停留。

一五九

凭栏久
　凉风渐生
何处是天家？
　真要乘风归去！
看——
　清冷的月
　　已化作一片光云
　轻轻地飞在海涛上。

一六〇

自然无声的
　看着劳苦的诗人微笑：
　"想着罢！
　　写着罢！
　无限的庄严，
　　你可曾约略知道？"

诗人投笔了！
　微小的悲哀
永久遗留在心坎里了！

一六一

隔窗举起杯儿来——
落花！
　和你作别了！

原是清凉的水呵，
　只当是甜香的酒罢。

一六二

崖壁阴阴处，
　海波深深处，
　　垂着丝儿独钓。
鱼儿！
　不来也好，
我已从蔚蓝的水中
　钓着诗趣了。

一六三

暮色苍苍——
　远村在前，
山门在后。
黄土的小道曲折着，
　踽踽的我无心的走着。

宇宙昏昏——
　表现在前，
　消灭在后。
生命的小道曲折着，
　踽踽的我不自主的走着。

一般的遥远的前途呵！
　抬头见新月，

深深地起了
　　不可言说的感触!

一六四

将离别——
　　舟影太分明。
　　四望江山青；
微微的云呵!
　　怎只压着黯黯的情绪,
　　　　不笼住如梦的歌声?

一六五

我的朋友
　　坐下莫徘徊,

照影到水中，
　　累它游鱼惊起。

一六六

遥指峰尖上，
　　孤松峙立，
　　怎得倚着树根看落日？

已近黄昏，
　　算着路途罢!
衣薄风寒，
　　不如休去。

一六七

绿水边
　　几双游鸭，
　　几个浣衣的女儿，
在诗人驴前
　　展开了一幅自然的图画。

一六八

朦胧的月下 ——
　　长廊静院里。
不是清磬破了岑寂，
　　便落花的声音，
　　　也听得见了。

一六九

未生的婴儿，
　　从生命的球外
　　攀着"生"的窗户看时，
已隐隐地望见了
　　对面"死"的洞穴。

一七〇

为着断送百万生灵
　　不绝的炮声，
严静的夜里，
　　凄然的将捉在手里的灯蛾
　　放到窗外去了。

一七一

马蹄过处，
　　蹴起如云的尘土；
据鞍顾盼，
　　平野青青——
只留下无穷的怅惘罢了，
　　英雄梦那许诗人做？

一七二

开函时——
　　正席地坐在花下，
一阵凉风
　　将看完的几张吹走了。

我只默默的望着，
听它吹到墙隅，
慰悦的心情
也和这纸儿一样的飞扬了！

一七三

明月下
绿叶如云，
白衣如雪——
怎样的感人呵！
又况是别离之夜？

一七四

青年人，
珍重的描写罢，
时间正翻着书页，
请你着笔！

一七五

我怀疑的撒下种子去，
便闭了窗户默想着。
我又怀疑的开了窗，
岂止萌芽？
这青青之痕
还滋蔓到他人的园地里。

上帝呵！
感谢你"自然"的风雨！

一七六

战场上的小花呵!
　赞美你最深的爱!
冒险的开在枪林弹雨中,
　慰藉了新骨。

一七七

我的心忽然悲哀了!
　昨夜梦见
　　独自穿着冰绡之衣,
　从汹涌的波涛中
　　渡过黑海。

一七八

微阴的阶上,
　只坐着自己 ——
绿叶呵!
　玫瑰落尽,
诗人和你
　一同感出寂寥了。

一七九

明月!
　完成了你的凄清了!
银光的田野里,
　是谁隔着小溪
　　吹起悠扬之笛?

一八〇

婴儿!
谁像他天真的颂赞?
　当他呢喃的
　　　对着天末的晚霞,
　无力的笔儿,
　真当抛弃了。

一八一

襟上摘下花儿来,
　匆匆里
　就算是别离的赠品罢!

马已到门前了,
　要不是窗内听得她笑言,
　　错过也
　又几时重见?

一八二

别了!
　春水,
感谢你一春潺潺的细流,
　带去我许多意绪。

向你挥手了,
　缓缓地流到人间去罢。
我要坐在泉源边,
静听回响。

1922年3月5日-6月14日

迎神曲

——

冰心

灵台上 ——
燃起星星微火
黯黯地低头膜拜。

问"来从何处来?
去向何方去?
这无收束的尘寰,
可有众生归路?"

空华影落，
万籁无声，
隐隐地涌现了：
是宝盖珠幢，
是金身法相。

"只为问'来从何处来?
去向何方去?'
这轮转的尘寰，
便没了众生归路!"

"世界上
来路便是归途，
归途也成来路。"

送神曲

————

冰 心

"世界上
来路便是归途,
归途也成来路。

"这轮转的尘寰,
何用问
 '来从何处来?
去向何方去？'

"更何处有宝盖珠幢?
又何处是金身法相?

即我——
也即是众生。

"来从去处来
去向来处去。
向那来的地方，
寻将去路。"

灵台上——
燃着了常明灯火，
深深地低头膜拜。

无月的中秋夜，1921年

一朵白蔷薇

——冰心

怎么独自站在河边上? 这朦胧的天色, 是黎明还是黄昏? 何处寻问, 只觉得眼前竟是花的世界。中间杂着几朵白蔷薇。

她来了, 她从山上下来了。靓妆着, 仿佛是一身缟白, 手里抱着一大束花。

我说, "你来, 给你一朵白蔷薇, 好簪在襟上。"她微笑说了一句话, 只是听不见。然而似乎我竟没有摘, 她也没有戴, 依旧抱着花儿, 向前走了。

抬头望她去路, 只见得两旁开满了花, 垂满了花, 落满了花。

我想白花终比红花好; 然而为何我竟没有摘, 她也竟没有戴?

前路是什么地方, 为何不随她走去?

都过去了, 花也隐了, 梦也醒了, 前路如何, 便摘也何曾戴?

1921年8月20日追记

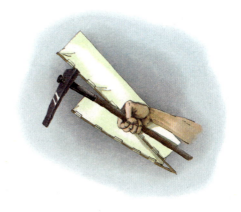

纸船

——

寄母亲

我从不肯妄弃了一张纸，
　总是留着 —— 留着，
叠成一只一只很小的船儿，
从舟上抛下在海里。

有的被天风吹卷到舟中的窗里，
　有的被海浪打湿，沾在船头上。
我仍是不灰心的每天的叠着，
　总希望有一只能流到我要它到的地方去。

母亲，倘若你梦中看见一只很小的白船儿，
　不要惊讶它无端入梦。
这是你至爱的女儿含着泪叠的，
　万水千山求它载着她的爱和悲哀归去。

1923年8月27日太平洋舟中

病的诗人（一）

——冰心

诗人病了——
诗人的情绪
更适合于诗了，
然而诗人写不出。

菊花的影儿在地，
藤椅儿背着阳光。

书落在地上了，
不想拾起来，
只任它微风吹卷。

窗儿开着，
帘儿飐着，
人儿无聊，
只有：
书是旧的，
花是新的。

镜里照着的，
是消瘦的庞儿；
手里拿着的，
是沉重的笔儿。

凝涩的诗意，
却含着清新；
憔悴的诗人，
却感着愉快。

诗人病了——
诗人的情绪
更适合于诗了，
然而诗人写不出！

病的诗人（二）

—— 冰 心

诗人病了——
　却怪窗外天色，
　怎的这般阴沉！

天也似诗人，
只这样黯寂消沉。
一般的：
　酿诗未成，
　酿雪未成。

墙外的枯枝，
屋上的炉烟，
和着隐隐的市声，
悠悠的送去了几许光阴？

诗人病了——
却怪他窗外天色
怎的这般阴沉！

1921年12月5日

别踩了这朵花

—— 冰 心

小朋友，你看，
你的脚边，
一朵小小的黄花。
我们大家
绕着它走，
别踩了这朵花！

去年有一天：
秋空明朗，
秋风凉爽，
它妈妈给它披上
一件绒毛的大氅，
降落伞似地，
把它带到马路边上。

冬天的雪，给它
盖上厚厚的棉衣，
它静静地躺卧着，
等待着春天的消息。
这一天，它觉得身上润湿了，
它闻见泥土的芬芳；
它快乐地站起身来，
伸出它金黄的翅膀。

你看，它多勇敢，
就在马路边上安家；

它不怕行人的脚步，
它不怕来往的大车。

春游的小朋友们
多么欢欣！
春风里飘扬着新衣
——新裙，
你们头抬得高，
脚下得重，
小心在你不知不觉中，
把小黄花的生机断送；
我的心思你们也懂，
在春天无边的快乐里，
这快乐也有它的一份！

晚祷（一）

——冰心

浓浓的树影

　　做成帐幕，

绒绒的草坡

　　便是祭坛——

慈怜的月

穿过密叶，

照见了虔诚静寂的面庞。

四无人声，

严静的天空下，

我深深叩拜——

万能的上帝！

求你丝丝的织了明月的光辉，

作我智慧的衣裳，

　　庄严的冠冕，

我要穿着它
温柔地沉静地酬应众生。

烦恼和困难，
在你的恩光中，
　一齐抛弃；
　只刚强自己
　保守自己，
永远在你座前
作圣洁的女儿，
　光明的使者，
　　赞美大灵！

四无人声，
严静的天空下
只慈怜的月
照着虔诚静寂的面庞。

1922年5月12日

晚祷（二）

——冰心

我抬头看见繁星闪烁着——
秋风冷冷的和我说：
　"这是造物者点点光明的眼泪，
为着宇宙的晦冥！"

我抬头看见繁星闪烁着——
枯叶戚戚的和我说：
　"这是造物者点点光明的眼泪，
为着人物的销沉！"

造物者！
　我不听秋风，
　　不睬枯叶，
这一星星——点在太空，
　指示了你威权的边际，
　表现了你慈爱的涘涯。
人物——宇宙，
　销沉也罢，
　晦冥也罢，
我只仰望着这点点的光明！

1922年10月23日夜

解
脱

—

冰
心

月明如水，
树下徘徊——
　　沉思——沉思。
沉思里拾起枯枝，
　　慨然的鞭自己
　　　　地上月中的影子。

"人生"——
世人都当它是一个梦，
　　且是一个不分明的梦。
不分明里要它太分明，
我的朋友，
　　一生的忧患
　　　　从今起了!

珍惜她如雪的白衣，
　　却仍须渡过
　　　　这无边的黑海。
我的朋友!
　　世界既不舍弃你，
　　何如你舍弃了世界?
让她鹤一般的独立，
　　云一般的自由，
　　　　水一般的清静。
　　人生纵是一个梦呵，
　　　　也做了一个分明的梦。

沉思——沉思，

　沉思里抛了枯枝，

悠然的看自己

　　地上月中的影子。

1923年2月5日夜

假如我是个作家

——

冰 心

假如我是个作家，

我只愿我的作品

　　入到他人脑中的时候，

　　平常的，不在意的，没有一句话说；

流水般过去了，

不值得赞扬，

　　更不屑得评驳；

　　然而在他的生活中

　　痛苦，或快乐临到时，

他便模糊的想起

好像这光景曾在谁的文字里描写过；

这时我便要流下快乐之泪了！

假如我是个作家，

我只愿我的作品

　　被一切友伴和同时有学问的人

　　　　轻藐——讥笑；

然而在孩子，农夫，和愚拙的妇人，

他们听过之后，

　　慢慢的低头，

　　深深的思索，

我听得见"同情"在他们心中鼓荡；

这时我便要流下快乐之泪了！

假如我是个作家，

我只愿我的作品

在世界中无有声息，

　　没有人批评，

　　更没有人注意；

只有我自己在寂寥的白日，或深夜，

对着明明的月

　　　丝丝的雨

　　　飒飒的风，

低声念诵时，

能以再现几幅不模糊的图画；

这时我便要流下快乐之泪了！

假如我是个作家，

我只愿我的作品

在人间不露光芒，

　　没个人听闻，

　　没个人念诵，

只我自己忧愁，悦乐，

或是独对无限的自然，

　　能以自由抒写，

当我积压的思想发落到纸上，

这时我便要流下快乐之泪了！

　　　　　　　　　　　1922年1月18日

樱花赞

———

冰心

  樱花是日本的骄傲。到日本去的人，未到之前，首先要想起樱花；到了之后，首先要谈到樱花。你若是在夏秋之间到达的，日本朋友们会很惋惜地说："你错过了樱花季节了！"你若是冬天到达的，他们会挽留你说："多呆些日子，等看过樱花再走吧！"总而言之，樱花和"瑞雪灵峰"的富士山一样，成了日本的象征。

  我看樱花，往少里说，也有几十次了。在东京的青山墓地看，上野公园看，千鸟渊看……；在京都看，奈良看……；雨里看，雾中看，月下看……日本到处都有樱花，有的是几百棵花树拥在一起，有的是一两棵花树在路旁水边悄然独立。春天在日本就是沉浸在弥漫的樱花气息里！

  我的日本朋友告诉我，樱花一共有三百多种，最多的是山樱、吉野樱和八重樱。山樱和吉野樱不像桃花那样地白中透红，也不像梨花那样地白中透绿，它是莲灰色的。八重樱就丰满红润一些，近乎北京城里春天的海棠。此外还有浅黄色的郁金樱，花枝低垂的枝垂樱，"春分"时节最早开花的彼岸樱，花瓣多到三百余片的菊樱……掩映重迭、争妍斗艳。清代诗人黄遵宪的樱花歌中有：

   ……

   墨江泼绿水微波

   万花掩映江之沱

   倾城看花奈花何

   人人同唱樱花歌

   ……

   花光照海影如潮

   游侠聚作萃渊薮

   ……

   十日之游举国狂

   岁岁欢虞朝复暮

   ……

　　这首歌写尽了日本人春天看樱花的举国若狂的胜况。"十日之游"是短促的，连阴之后，春阳暴暖，樱花就漫山遍地的开了起来，一阵风雨，就又迅速地凋谢了，漫山遍地又是一片落英！日本的文人因此写出许多"人生短促"的凄凉感喟的诗歌，据说樱花的特点也在"早开早落"上面。

　　也许因为我是个中国人，对于樱花的联想，不是那么灰黯。虽然我在一九四七年的春天，在东京的青山墓地第一次看樱花的时候，墓地里尽是些阴郁的低头扫墓的人，间以喝多了酒引吭悲歌的醉客，当我穿过圆穹似的莲灰色的繁花覆盖的甬道的时候，也曾使我起了一阵低沉的感觉。

　　今年春天我到日本，正是樱花盛开的季节，我到处都看了樱花，在东京，大阪，京都，箱根，镰仓……但是四月十三日我在金泽萝香山上所看到的樱花，却是我所看过的最璀璨、最庄严的华光四射的樱花！

　　四月十二日，下着大雨，我们到离金泽市不远的内滩渔村去访问。路上偶然听说明天是金泽市出租汽车公司工人罢工的日子。金泽市有十二家出租汽车公司，有汽车二百五十辆，雇用着几百名的司机和工人。他们为了生活的压迫，要求增加工资，已经进行过五次罢工了，还没有达到目的，明天的罢工将是第六次。

　　那个下午，我们在大雨的海滩上和内滩农民的家里，听到了许多工农群众为反对美军侵占农田作打靶场，奋起斗争终于胜利的种种可泣可歌的事迹。晚上又参加了一个情况热烈的群众欢迎大会，大家都兴奋得睡不好觉，第二天早起，匆匆地整装出发，我根本就把今天汽车司机罢工的事情，忘在九霄云外了。

　　早晨八点四十分，我们从旅馆出来，十一辆汽车整整齐齐地摆在门口。我们分别上了车，徐徐地沿着山路，曲折而下。天气晴明，和煦的东风吹着，灿烂的阳光晃着我们的眼睛……

　　这时我才忽然想起，今天不是汽车司机们罢工的日子么？他们罢

工的时间不是从早晨八时开始么？为着送我们上车，不是耽误了他们的罢工时刻么？我连忙向前面和司机同坐的日本朋友询问究竟。日本朋友回过头来微微地笑说："为着要送中国作家代表团上车站，他们昨夜开个紧急会议，决定把罢工时间改为从早晨九点开始了！"我正激动着要说一两句道谢的话的时候，那位端详稳静、目光注视着前面的司机，稍稍地侧着头，谦和地说："促进日中人民的友谊，也是斗争的一部分呵！"

我的心猛然地跳了一下，像点着的焰火一样，从心灵深处喷出了感激的漫天灿烂的火花……

清晨的山路上，没有别的车辆，只有我们这十一辆汽车，沙沙地飞驰。这时我忽然看到，山路的两旁，簇拥着雨后盛开的几百树几千树的樱花！这樱花，一堆堆，一层层，好像云海似地，在朝阳下绯红万顷，溢彩流光。当曲折的山路被这无边的花云遮盖了的时候，我们就像坐在十一只首尾相接的轻舟之中，凌驾着骀荡的东风，两舷溅起哗哗的花浪，迅捷地向着初升的太阳前进！

下了山，到了市中心，街上仍没有看到其他的行驶的车辆，只看到街旁许多的汽车行里，大门敞开着，门内排列着大小的汽车，门口插着大面的红旗，汽车工人们整齐地站在门边，微笑着目送我们这一行车辆走过。

到了车站，我们下了车，以满腔沸腾的热情紧紧地握着司机们的手，感谢他们对我们的帮助，并祝他们斗争的胜利。

热烈的惜别场面过去了，火车开了好久，窗前拂过的是连绵的雪山和奔流的春水，但是我的眼前仍旧辉映着这一片我所从未见过的奇丽的樱花！

我回过头来，问着同行的日本朋友："樱花不消说是美丽的，但是从日本人看来，到底樱花美在哪里？"他搔了搔头，笑着说："世界上没有不美的花朵……至于对某一种花的喜爱，却是由于各人心中

的感触。日本文人从美而易落的樱花里，感到人生的短暂，武士们就联想到捐躯的壮烈。至于一般人民，他们喜欢樱花，就是因为它在凄厉的冬天之后，首先给人民带来了兴奋喜乐的春天的消息。在日本，樱花就是多！山上、水边、街旁、院里，到处都是。积雪还没有消融，冬服还没有去身，幽暗的房间里还是春寒料峭，只要远远地一丝东风吹来，天上露出了阳光，这樱花就漫山遍地的开起！不管是山樱也好，吉野樱也好，八重樱也好……向它旁边的日本三岛上的人民，报告了春天的振奋蓬勃的消息。"

这番话，给我讲明了两个道理。一个是：樱花开遍了蓬莱三岛，是日本人民自己的花，它永远给日本人民以春天的兴奋与鼓舞；一个是：看花人的心理活动，形成了对于某些花卉的特别喜爱。金泽的樱花，并不比别处的更加美丽。汽车司机的一句深切动人的、表达日本劳动人民对于中国人民的深厚友谊的话，使得我眼中的金泽的漫山遍地的樱花，幻成一片中日人民友谊的花的云海，让友谊的轻舟，激箭似地，向着灿烂的朝阳前进！

深夜回忆，暖意盈怀，欣然提笔作樱花赞。

1961年5月18日夜

童年的春节

——

冰心

　我童年生活中，不光是海边山上孤单寂寞的独往独来，也有热闹得锣鼓喧天的时候，那便是从前的"新年"，现在叫做"春节"的。

　那时我家住在烟台海军学校后面的东南山窝里，附近只有几个村落，进烟台市还要越过一座东山，算是最冷僻的一角了，但是"过年"还是一年中最隆重的节日。

　过年的前几天，最忙的是母亲了。她忙着打点我们过年穿的新衣鞋帽，还有一家大小半个月吃的肉，因为那里的习惯，从正月初一到十五是不宰猪卖肉的。我看见母亲系起围裙、挽上袖子，往大坛子里装上大块大块的喷香的裹满"红糟"的糟肉，还有用酱油、白糖和各种香料煮的卤肉，还蒸上好几笼屉的红糖年糕……当母亲做这些事的时候，旁边站着的不只有我们几个馋孩子，还有在旁边帮忙的厨师傅和余妈。

　父亲呢，就为放学的孩子们准备新年的娱乐。在海军学校上学的不但有我的堂哥哥，还有表哥哥。真是"一表三千里"，什么姑表哥，舅表哥，姨表哥，至少有七八个。父亲从烟台市上买回一套吹打乐器，锣、鼓、箫、笛、二胡、月琴……弹奏起来，真是热闹得很。只是我挤不进他们的乐队里去！我只能白天放些父亲给我们买回来的鞭炮，晚上放些烟火。大的是一筒一筒的放在地上放，火树银花，璀璨得很！我最喜欢的还是一种最小、最简单的"滴滴金"。那是一条小纸捻，卷着一点火药，可以拿在手里点起来嗤嗤地响，爆出点点火星。

　记得我们初一早起，换上新衣新鞋，先拜祖宗——我们家不供神佛——供桌上只有祖宗牌位、香、烛和祭品，这一桌酒菜就是我们新年的午餐——然后给父母亲和长辈拜年，我拿到的红纸包里的压岁钱，大多是一圆锃亮的墨西哥"站人"银元，我都请母亲替我收起。

最有趣的还是从各个农村来
耍"花会"的了,演员们都是各
个村落里冬闲的农民,节目
大多是"跑旱船",和"王
大娘铞大

缸"之类，演女角的都是村里的年轻人，搽着很厚的脂粉。鼓乐前导，后面就簇拥着许多小孩子。到我家门首，自然就围上一大群人，于是他们就穿走演唱了起来，有乐器伴奏，歌曲大都滑稽可笑，引得大家笑声不断。要完了，我们就拿烟、酒、点心慰劳他们。这个村的花会刚走，那个村的又来了，最先来到的自然是离我们最近的金钩寨的花会！

我十一岁那年，回到故乡的福建福州，那里过年又热闹多了。我们大家庭里是四房同居分吃，祖父是和我们这一房在一起吃饭的。从腊月廿三日起，大家就忙着扫房，擦洗门窗和铜锡器具，准备糟和腌的鸡、鸭、鱼、肉。祖父只忙着写春联，贴在擦得锃亮的大门或旁门上。他自己在元旦这天早上，还用红纸写一条："元旦开业，新春大吉……"以下还有什么吉利话，我就不认得也不记得了。

新年里，我们各人从自己的"姥姥家"得到许多好东西。首先是灶糖、灶饼，那是一盒一盒的糖和点心。据说是祭灶王爷用的，糖和点心都很甜也很粘，为的是把灶王的嘴糊上，使得他上天不能汇报这家人的坏话！最好的东西，还是灯笼，福州方言，"灯"和"丁"同音，因此送灯的数目，总比孩子的数目多一些，是添丁的意思。那时我的弟弟们还小，不会和我抢，多的那一盏总是给我。这些灯：有纸的，有纱的，还有玻璃的……于是我屋墙上挂的是"走马灯"，上面的人物是"三英战吕布"，手里提的是两眼会活动的金鱼灯，另一手就拉着一盏脚下有轮子的"白兔灯"。同时我家所在的南后街，本是个灯市，这一条街上大多是灯铺。我家门口的"万兴桶石店"，平时除了卖各种红漆金边的伴嫁用的大小桶子之外，就兼卖各种的灯。那就不是孩子们举着玩的灯笼了，而是上面画着精细的花鸟人物的大玻璃灯、纱灯、料丝灯、牛角灯等等，元宵之夜，都点了起来，真是"花市灯如昼"，游人如织，欢笑满街！

　　元宵过后，一年一度的光采辉煌的日子，就完结了。当大人们让我们把许多玩够了的灯笼，放在一起烧了之后，说："从明天起，好好收收心上学去吧。"我们默默地听着，看着天井里那些灯笼的星星余烬，恋恋不舍地带着一种说不出的惆怅寂寞之感，上床睡觉的时候，这一夜的滋味真不好过！

1985年1月30日

我们这里没有冬天

——

冰心

那天同几位朋友在一起，大家都说北京的气候，似乎一年比一年暖了，而且冬天一年比一年短，几乎短到没有冬天。我们记得小的时候，北京的冬天长得很，夜中蜷缩在被窝里，总听见呜呜的卷地的北风，窗纸像鬼叫一样，整夜地在呼啸。早起挟着书包，冒着风低头向前走，土道当中被车轮碾过的雪，压成一条一条小沟似的烂泥，不小心一脚踩下去，连小棉鞋都陷在泥里，拔不出来！胡同两旁的门洞里，永远有几个蜷伏着的人，要饭的，拣破烂的……冻得发紫的脸，颤抖的四肢，衣衫像枯叶一样，一片一片地挂在身上，嘴里发着断续的呻吟。看到这些痛苦的形象，我们脚下不自觉地走快了，就在我们"慌不择路"的时候，我们的小棉鞋就陷在泥里了！

就这样地寒冷，蜷缩，泥泞……过了悠长而灰黄的几个月，忽然间，我们身上觉得暴躁，把棉衣一脱，原来春天已经来到了！但是夹衣穿不到几天，又得换上单衣，原来夏天又在眼前了，所以我们总说是北京没有春天。

　　这几年的冬天，大不相同了。北京照旧刮风下雪，而下过的雪都整齐地堆在光滑的柏油路的两旁，太阳一晒，风一吹，就像没下过雪一般。最痛快的是：大门洞里再看不见那些痛苦的形象，听不到呻吟的声音。从那里出来的，是上学的、上工的、上班的男女老幼，衣履朴素而整洁，嘴边带着宁静的微笑，昂首挺胸地往前走。

　　尤其是去年——一九五七年，就仿佛没有冬天。虽然在气候上，也刮过风，下过雪，冻过河，但是在人们口中，就没有听见过"冬天"两个字，什么"消寒""冬闲""冬眠"，都成了过了时的词汇。就在我执笔之顷，人们身上的棉衣还没有脱，北海的冰也没有化，草也没有青，柳也没有绿，而春意早已弥漫在北京的城郊了！

　　其实，又何止是北京城郊？在我们辽阔广大的国土上，六万万人民的心里，冬天就没有来过！

　　也不是冬天没有来过，在如火如潮的革命干劲里，"五年看三年，三年看头年，头年看前冬"，我们同心协力地在田野上，在河滩上，在工地上，在……把春天往前拉了三个月，人民心里光明温暖的春天，把严冬给吞没了。

　　这是几千年来的一个大变化！从此冬天失去了它传统的意义，它变成了春天的前奏！

　　我们不必像英国的诗人雪莱那样，吟一句软软的慰藉和企望的："冬天来了，春天还会遥远么？"我们干脆说一句大白话："我们这里没有冬天！"

只拣儿童多处行

———

冰心

从香山归来，路过颐和园，看见颐和园门口，就像散戏似的，成千盈百的孩子，闹嚷嚷地从门内挤了出来。这几扇大红门，就像一只大魔术匣子，盖子敞开着，飞涌出一群接着一群的关不住的小天使。

这情景实在有趣！我想起两句诗："儿童不解春何在，只拣游人多处行"，反过来也可以说，"游人不解春何在，只拣儿童多处行"。我们笑着下了车，迎着儿童的涌流，挤进颐和园去。

我们本想在知春亭畔喝茶，哪知道知春亭畔已是座无隙地！女孩子、男孩子，戴着红领巾的，把外衣脱下搭在肩上拿在手里的，东一堆，西一簇，唧唧呱呱地，也不知说些什么，笑些什么，个个鼻尖上闪着汗珠，小小的身躯上喷发着太阳的香气息。也有些孩子，大概是跑累了，背倚着树根坐在小山坡上，聚精会神地看小人书。湖面无数坐满儿童的小船，在波浪上荡漾，一面一面鲜红的队旗，在骀荡的东风里哗哗地响着。

我们站了一会，沿着湖边的白石栏杆向玉澜堂走，在转折的地方，总和一群一群的孩子撞个满怀，他们匆匆地说了声"对不起"，又匆匆地往前跑，知春亭和园门口大概是他们集合的地方，太阳已经偏西，是他们归去的时候了。

走进玉澜堂的院落里，眼睛突然地一亮，那几棵大海棠树，开满了密密层层的淡红的花，这繁花开得从树枝开到树梢，不留一点空隙，阳光下就像几座喷花的飞泉……

春光，就会这样地饱满，这样地烂漫，这样地泼辣，这样地华侈，它把一冬天蕴藏的精神、力量，都尽情地挥霍出来了！

我们在花下大声赞叹，引起一群刚要出门的孩子，又围聚过来了，他们抬头看看花，又看看我们。我拉住一个额前披着短发的男孩子。笑问："你说这海棠花好看不好看？"他忸怩地笑着说："好看。"我又笑问："怎么好法？"当他说不出来低头玩着纽扣的时候，一个

在他后面的女孩子笑着说："就是开得旺嘛!"于是他们就像过了一关似的,笑着推着跑出门外去了。

对,就是开得旺! 只要管理得好,给它适时地浇水施肥,花也和儿童一样,在春天的感召下,欢畅活泼地,以旺盛的生命力,舒展出新鲜美丽的四肢,使出浑身解数,这时候,自己感到快乐,别人看着也快乐。

朋友,春天在哪里? 当你春游的时候,记住"只拣儿童多处行",是永远不会找不到春天的!

还乡杂记

—— 冰心

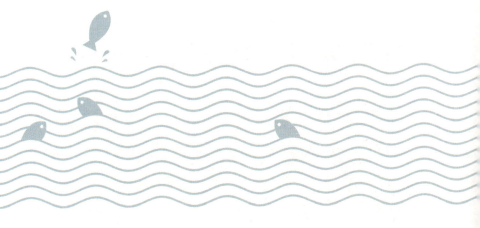

亲爱的小朋友：

去年冬天，我回到我的故乡 —— 福建 —— 去了一个多月。

这个丘陵地带，背山临海的美丽雄伟的省份，面对着金门台湾，屹立在国防的最前线上。居住在这一片最激昂、最警觉的土地上的一千三百万人民，却在沉着地，静默地，流着血汗，低头苦干。他们劈山，他们填海，他们正在为解放台湾，巩固国防，建设着史无前例的伟大艰巨的工程。他们在深山密林之中修着铁路，修着水库，修着工厂，修着发电站……

他们在湖边山上，盖着工人疗养所，盖着博物馆，盖着少年宫……不断的警报的笛声，和敌人的炮火，并没有打乱他们的日程和计划，他们和祖国各个角落的亿万人民，在同一脉搏之中，并肩齐步地进行着社会主义建设和社会主义改造！

我在故乡所见所闻的一切，都使我惊奇，使我骄傲，使我兴奋，使我快乐，使我想大声歌唱，使我想抓住每一个人，激动而又轻悄地对他说："朋友，你们知道不？虽然报纸上很少宣传，人们口中也不轻易

述说，但是，我的故乡，福建的那些聪明勇敢的人民，正在为解放台湾，和祖国的社会主义建设，做着许许多多你们所想象不到的伟大的工作！你们等着吧，总有一天，这些奇迹，会显现在大家的面前，引起亿万人的欢呼和颂赞！"

亲爱的小朋友，我若不能抓住每一个人，至少我愿意把现在可以对你们说的，和你们会感到兴趣的事情，向你们报告一些。让我先从我们的旅程说起吧。

从北京到福州

那是一九五五年的十一月中旬，北京已经是树叶黄落，朔风飕飕的了。我们坐着火车从北到南，穿过六个省份，就是：河北、山东、安徽、江苏、浙江、江西，一路上越走越暖。到了江西省的上饶，我们换坐汽车，在黎明的微雨中，上了紫鸡岭，直到分水关；这个山头，是江西和福建交界的地方，从这时起，我就踏上故乡的土地了！

我的父母都是福建人，但是我的一生中，只到福建去了一次，那是四十多年以前的事了，而且走的是水路。那时我从山东的渤海，走进福建的闽江，觉得江水实在比海水安静温柔得多！我曾在一首短诗中，提到那时的情景：

> 清晓的江头
>
> 　白雾蒙蒙；
>
> 是江南天气，
>
> 　雨儿来了 ——
>
> 　　我只知道有蔚蓝的海，
>
> 　　却原来还有碧绿的江。
>
> 　这是我父母之乡！

　　这次我走的是山路。我心里满怀着童年温暖的回忆，在万山丛沓之中，仔细地欣赏我的"父母之乡"。多么高秀的山岭，多么青葱的树林，多么平坦的公路！人家都说这是全国最好最美丽的一条公路，它是细细的红土铺成的，光滑如拭，纤尘不生。这条路长达一千华里，在崇山峻岭，深树密林之中，蜿蜒起伏，像一条鲜红的血管，把福建同祖国的心脏，紧紧地联系了起来。车轮沙沙地轻响，从我们眼前掠过一座一座的高峰。浓郁的森林，深绿的帐幕一般，把我们围盖起来。

　　山涧里流下潺潺的泉水。山谷里还有弯弯的一层一层很仄的梯田，我们的勤劳勇敢的人民，是不肯荒芜祖国的一寸可耕的土地的。

　　路上不断地看见养路的男女民工，有的用锤子敲着石块，有的用大竹帚扫着细沙，还有些小孩子坐立在母亲的身旁，笑嘻嘻地拣着石子，采着野花。对面还不断地驶来一趟一趟的大卡车，车前横挂着"安全行车××万公里"的红布标语。这条公路，这条鲜红的血管，就是靠着我们可爱可敬的民工们和司机们，把它保持连贯起来的。他们坚持着使它无阻的畅流，日日夜夜，输送着新鲜的血液，到国防的最前线上去！

　　在祖国北方住久了的人，尤其是从冬天苍黄无际的平原，登上青翠插云的高山，总有说不尽的新鲜愉快的感觉。我们翻过了胜长岭、大夫岭、筹岭三座险峻的山，其中尤以筹岭为最高，有一千二百四十六公尺。一路上山回路转，使我想起了古人的名句："山从人面起，云傍马头生。"因为山陡，所以在山路转折的时候，仿佛眼前的山壁迎面压来；因为山高，所以云雾都在马前车前拥来拥去。没有在高山上旅行过的人，是很难体会出这两句诗的妙处的。

　　这森林里大棵合抱的树，除了松柏以外，我都说不上名字来。但是内中总该有枫树吧，这时在南国也是冬天，所以在万绿丛中，也不时露出一两棵鲜艳的红叶树，掩映得分外鲜明。润湿的山壁上，杂乱地开放着各色的野花，嫩黄深紫，点缀如画！

　　过了古田，又翻过三座较低的山岭，一路与江水同行。福建的农村，都是白墙黑瓦，溪流边停着水车。村边路边，都是一丛丛的荔枝树、龙眼树、橄榄树和橘子树。这正是橘子黄熟的时候，树上好像挂着一颗颗的金球，橙黄一片，十分耀眼。

　　走过白沙，江面宽阔，远山淡绿，白蒙蒙的江上，渔帆点点，是旅途中最美丽的一段。过此已将近福州城市，路上走着络绎不绝的挑着菜担的赤脚的农村妇女，她们扁担上系着彩色的绒衣，一路上彼此说笑，健步如飞。看见她们，我心头又涌起亲切的自豪的感觉！福建妇女，在农业生产上从前就是全国闻名的，特别是闽南、闽西和福州市郊等地区，许多妇女，一贯地参加农业主要劳动。解放后，封建的枷锁被打开了，妇女的生产热情更加高涨，现在，在农业合作社里，妇女的劳动，成为保证生产的决定力量。

　　进到福州市，正是微雨初晴，从前的灰色的城墙不见了，贯穿城内的河道也不见了，仄仄的石板路也不见了。眼前涌现的却是宽阔的马路，高大的楼房，整齐的商店。这一天正是星期日，路上潮水似地，涌着来来往往、携儿带女的欢笑的人群。公共汽车上，也是载着满满的人。

　　福州本是个有山有水有温泉的城市，而且是四季绿叶不落，繁花不断。外宾来到，都惊奇地夸赞福州是一座花园。

少年造船厂

　　我和福州小朋友的第一次接触，就是在十一月二十五日下午，我参加了福州航管局职工子弟小学的少年造船厂的开工典礼。

　　小朋友知道我素来对于水上的一切，都感到莫大的兴趣，尤其

是听到小朋友们自己要成立一个造船厂的时候，我就急欲参观一下。那天我从闽江南岸赶了回来，到了航管局子弟小学门前，已看见门口悬旗结彩，小朋友们穿着雪白的衬衣，系着鲜红的领巾，穿梭般进进出出。门口广场上还有许多小同学，在拉着圈儿跳舞唱歌。在喜气盈盈之中，我们走进会场坐下。会场后座，已挤满了客人，壁上贴着许多标语：如"努力学习父兄的造船先进经验""学好本领承继父兄的伟大事业"，等等。

　　仪式开始了，鼓号响起，四十五个"小工人"整队入场，坐在会场的前边位上，个个精神焕发，小脸上闪着兴奋的光辉。航管局长和他们的总工程师林世华同志发言以后，有福州市少年之家的红领巾向他们献礼，本校的小同学向他们献花。以下就是最紧张的阶段：少年造船厂的小厂长，宣布造船厂的成立。笑容满面的校长，走上前来，宣读了学校向造船厂定货的订单。我听着吃了一惊！计有：大轮船一艘，脱胎轮船一艘，小渡船三艘，拖驳船二十艘（第一批四艘，第二批十六艘），要求在十二月二十五日以前交货。这时小厂长又起来宣读了工作规则，小工人们个个摩拳擦掌，相视而笑。

　　台后，工厂车间的大门徐徐推开，小工人们纷纷站起，一拥而入，我们也赶紧跟着进去。这里是木工、竹工和纸工的车间，材料和工具都已齐齐整整地放在一旁。小工人们极其熟练地拿起斧子、锤子、刀子、剪子，在长桌旁和长椅上，紧张地操作起来。我匆匆地环视一周，就拉着他们的总辅导员和总工程师，到楼上机工车间隔壁的教室里去谈话。

　　隔壁车间的突突的汽机声中，辅导员对我大声地谈到：这个小学里同学的父兄，多半是闽江上的水上人民，解放以前，一直受着反动统治阶级的歧视。他们不但没有读书识字的机会，连上岸居住也

不被许可，只能以打鱼操舟为业。解放后，他们翻身了，在陆地上安了家，土改中分到田地，子女们也入了学校。他们自己有的种着园地，有的仍旧做着水上船上的工作。职工小学的同学们，对于自己父兄的业务，是十分熟悉而且热爱的；在少先队活动的时候，他们参观了航管局的船舶修造厂；听到了全省工业劳动模范，航管局设计员林世华叔叔的报告——讲到他自己二十五年水上的驾驶经验——之后，他们的热情更加高涨了，先是在每星期一次的工艺创作时间内，组织了造船小组。这规模远不能使他们满足，终于在少先队、学校和父兄们的热烈帮助之下，这个"麻雀虽小，五脏俱全"的少年造船厂，在今天正式成立了！

这小工厂的组织：有正副厂长、木工、机工、竹工、纸工四个车间，另外还有材料股和事务股，总工程师就聘请了林世华同志担任。这位文静和蔼，口衔烟斗，看去就像大学教授的设计员，自己就是水上人民。二十余年来的辛苦经历，和解放后感激奋发的心情，使得他更热爱自己的事业，他要把自己的发明，自己的全副本领，传授给生龙活虎般的水上人民的下一代！

谈话未了，一小时已经过去，工厂放工了。我们又赶紧下楼看时，工厂门前的大桌子上，摆满了这一小时的成绩，四围站满了鼓掌的来宾。原来在开工的第一天，各车间已经超额完成任务，几只船身已经刳好，其他的纸坯、竹篷等也已陈列了出来。我立刻放了心，照这样工作下去，十二月二十五日以前的第一批交货，是不成问题的了！

三个星期以后，我还没有离开福建，就听说这少年造船厂又扩充了。工人数目加到一百以上，还添了一个帆工车间，这车间里完全是小女工。

我常常忆念着这一个工厂。前些日子我看到了苏联影片《茹尔宾一家》，我就极其亲切地想起了这少年造船厂的小工人和他们的家

长们。小工人! 好好地学习, 好好地工作吧, 将来闽江上, 东海上, 太平洋上 …… 乘风破浪, 巍然来去的庄严美丽的船舶, 将是你们熟练灵活的双手修造出来的!

小朋友们体操、朗诵和木偶剧的表演

十一月二十七日, 我又参加了福州小朋友们的几种活动。

早晨, 我们参加了福建省辖市运动大会。开幕式行过之后, 就是少年广播体操及组字表演。灿烂的阳光下, 四围山色之中, 广场上彩旗飘飘, 万头攒动, 一千二百个少先队员, 从检阅台对面走了出来。队伍摆开了, 在清晰而嘹亮的口号下, 整齐而柔捷地动作着。一会儿整齐的队伍散开了, 形成几个圆圈, 忽然又纷纷错杂地抱膝坐下,

整齐地低下头去,广场便分明地出现了无数小棉花团连接起来似的"和平万岁"四个大字,上面还有几只闪着红眼睛的和平鸽。仔细看去,和平鸽的红眼睛,原来是小朋友穿的红绒衣,那几个做鸽子眼睛的小朋友,不知在什么时候,以闪电般迅疾的动作,把白衬衣脱下,红绒衣露出。一片雪白,点上这几个红点,显得格外鲜明。这体操和组字都获得了雷动的掌声。中学生们的劳卫操和组字,也得到观众的赞美。他们的组字,是比较复杂的,代表着全省、全国人民坚强的决心的"把红旗插遍台湾"。

晚上我参加了福州市少年之家的诗歌朗诵晚会。

福州市的少年之家,在少年宫盖起以前,暂时租用着民房。晚会是在楼下大厅开的。布幕上有纸剪的"我们爱诗"四个大字,厅堂里挂满五色纸带,小板凳上坐着密密层层的小朋友,挤得风雨不透。辅导员致词以后,朗诵的节目开始了,有几个人合诵的,也有一个人单独朗诵的。我静静地听下去,越听越觉得惊奇!我发现他们不但态度自如,表情丰富,而且北京话的发音,除了几个难"咬"的字以外,都十分准确。

记得在四十几年前,第一次回到福州的时候,说不惯乡音的我,十分羡慕我故乡的小朋友们,会说那么好的福州话,如今听惯了北京话的我,又佩服故乡的小朋友们,会说那么好的北京话了。

解放后,人民社会生活的改变,国内交通来往的频繁,为着交际,为着社会的斗争和发展,学习一种规范化的语言,是绝对需要的。但是汉语方音差别很大,尤其是福州话和北京话之间,有着很大的距离。福州小朋友们学习北京语音的优良成绩,我深深地知道,是和他们教师的循循善诱,以及他们自己的不断努力,分不开的。

最后,小朋友们给我表演了木偶剧 —— 黄鹤的故事。故事大概

是这样的：有一对老农民夫妇，家里藏着一幅很好的黄鹤的画，这幅好画让一个县官看见了，便强迫这老大爷交了出来，等到县官把这画抢回衙门里，那只黄鹤却从画上飞走了。

我极其兴奋地坐在最前面，仔细观看。小小的戏台，不过有三四尺长，两三尺宽。台下垂着的布幕里，鼓鼓囊囊地在蠕动，还听得见有人轻轻地在说话。不一会儿，台上的幕拉开了，后面是很精巧的小小的布景，几个古装的木偶人，老头子，老太婆，县官，衙役……翻翻翻翻地点头挥手，出来进去，动作很灵活，台词也很清楚，引起了满场的欢笑。

福建泉州的木偶戏，本是全国闻名的，演员们提线的技术很高，线下的木偶人，神气活现，不但是四肢，连口目须眉，也无处不动。木偶剧还有一种长处，舞台虽小，但是能表演出话剧所表现不出的一些场面。前几天我曾看过泉州木偶实验剧团表演的讽刺国民党的短剧，场面真是伟大，有空战，有海战，还有解放一江山岛！在《解放军进行曲》声中，喷气式飞机，军舰，登陆艇和水陆两用坦克，一齐向一江山岛进发；五颜六色的降落伞，像花瓣一般地往下洒；一时海波汹涌，炮声隆隆，英勇的步兵和海军陆战队，在空军的掩护下，一举登陆，鲜明的红旗，在一江山岛的最高峰上，哗啦啦地飘起！

福州小朋友的木偶剧兴趣小组，就常有机会向成人的木偶剧观摩学习，小朋友们也非常珍爱这个机会。我认为木偶剧这一艺术形式，对培养和发展小朋友的语言能力、想象力和思考力，都是极有作用而且是极其适宜的。小朋友们所最喜爱的童话，编成剧本，在木偶剧的舞台上表演，比在话剧舞台上就容易得多。比如花草鸟兽都可以说话；大灰狼摇身一变，可以立刻变成外婆等等，小朋友们丰富活泼的想象力，都可以在剧本创作上，舞台设计上，表演上，自由地

无穷尽地发挥了出来；我热烈地希望那天晚上为我们表演的小朋友们，和一切对木偶剧有兴趣的小朋友们，更加努力！

少年农场

    福州鼓山区后屿乡第二中心小学，成立少年农场的消息，我在北京报纸上看到的时候，就引起了极大的兴趣。十二月二日的下午，我正式访问了这个小农场。

    在美丽的鼓山脚下，后屿乡郑依姆农业生产合作社办公处的大

门前，我和这小农场的小场长，少先队的大队长和他们的总辅导员，在石凳上围坐谈话。

他们告诉我：后屿乡小学的学生，绝大多数是农民子弟，因此，在一九五三年五月建队以后，少先队员们在队的活动里，对于种植活动，感到最大的兴趣，活动得也最积极。但是小朋友们对于片段的种植，还觉得不满足，他们迫切地要求取得整套的农业生产知识。辅导员们也认为根据不同季节，进行生产上农业知识的研究，对于"自然"教学，联系实际上，有很大的帮助。于是在参观了福建农场以后，这个小朋友们自己的农场，便组织起来了。

小农场各部门的工作人员，应有尽有，如：场长，副场长，秘书，会计，出纳，生产队长，技术员……总而言之，这是个"具体而微"的组织完全的农场，比起大农场来，只是从工人到土地都小了好几号！

生产范围分：禾本，蔬菜，育苗，块根和动物饲养五个区，每个区都有一位教员担任指导员。农场的土地，共有三亩四分，其中有乡里的机动田，也有学校内的空地，还有小朋友们自己开垦的垃圾地。小工人有二百二十人，是由报名参加的队员中，选拔出来的。星期一、二、三下午是农场活动（课外活动），全体工人参加，内容是生产，观察，或是参观访问。此外，一星期内每天都有值日员处理每天应作的工作……

小场长和大队长不住地掠开吹拂在额前的短发，满面红光地用着很好的普通话，对我述说着他们活动的情况：什么开工人大会啦，开生产队碰头会啦，多少同学坚决要求加入啦，滔滔地说个不完！我已经急不及待了，我说："让我们到农场去吧，我们一边走一边说好不好？"他们立刻站起，笑嘻嘻地拉着我的手，一同向农场走去。

多么美丽的田野呵!四围是青翠的高山,中间是整齐的绿油油的田地。溪水潺潺地流着,三两个穿着红绒衣的妇女,倚伏在水车上,一边车水,一边说笑。

穿过公路,我们先到少年农场的禾本区。走上高高仄仄的田坎,两旁都是泥水。小场长赤着脚在前面跑得飞快。大队长紧紧地握着我的手,斜着身子,慢慢地走,嘴里说:"拉住了手,没关系,走不惯这田坎的人,是有点紧张的。"我笑说:"你一步一步地把我带到社会主义社会去吧!"他回过头来笑了一笑。

这一亩五分地上,种着小麦。田里有七八个带着红领巾的小工人,裤子卷到大腿上,七手八脚地在整理田坎,放进溪水,水声和笑声合成一片。场长指点着告诉我:"这地里的小麦,是用'条播法'种的,假如种得成功,收成得好,大合作社里就也采用'条播',不用'点播'了。"

我们走进村里,路上参观了由垃圾地垦成的蔬菜区,也有四五个小工人们挑着水桶,在浇水,施肥。最后,我们到了小学的校园里面,参观了育苗区。苗畦里种着小叶桉,还有喜树和苦楝,这两种都是风景树。小朋友们告诉我,这些树苗,是准备将来造少年林的。此外还有香蕉树和木瓜树,明年就可以结果了;他们请我明年来吃新果,我笑着先道了谢。我们进入一个小院,是动物饲养区,木栅里圈养几只鹅,在伸着长颈哦哦地叫。猪栏里还空着,一只英国种的越克夏小猪,不久就要搬来居住了。猪栏地下是很平的洋灰地,四周是洋灰的沟道,是准备把猪的小便引到缸里,留作肥料用的。小场长还捧出一只盒子,里面有几条很大的,翠绿透明的印度种蓖麻蚕。据说这蚕只吃蓖麻叶,长的很快,一万条蚕,可以出五斤丝。

农具储藏室里,放着几副扁担和木桶,他们很抱歉似的笑说,因为经费有限，那些较贵的农具，如锄耙之类，暂时只好由每个工人向自己家里借用。我问起经费来源，他们说先是队部卖了自己种的蔬菜，得到了十几块钱。在秋收活动的时候，队员们拾了一千五百多斤的谷穗，除了留下二百斤，作为动物饲料之外，其余的谷穗又卖了九十多元。这些钱，他们用来买了树苗，种子，动物和农具，剩下三四十元留作农场的基金。在少年农场的办公室里，见到了小会计，他打开了锁着的抽屉，让我看农场的帐本。收入支出，整整齐齐，一切规格，和大农场以及农业生产合作社的新式帐本，完全一样!

天晚了，我依依不舍地向农场人员告别。操场地上坐成一个个小圆圈的小朋友们，手里拿着《中国少年报》，还在热烈地讨论自己的小五年计划。我们不敢打扰他们，从旁边轻轻地走过。校门口却已经聚集着许许多多的小朋友，争着和我们握手说"再见"。

回去的车上，我频频回顾，村

舍，田地和纷纷挥手的小朋友们，越来越小，以至于看不见了。但是，在那天夜里，我躺在床上兴奋地回想的时候，这些形象却越来越大！零星的村舍，变成整齐的楼房。一畦一畦的田地，已连成绿油油的一片。那些小工人也都变成身材高大，声音洪亮，精明强干的集体农庄的干部。这不是我的幻想，这是十年后当然的事实！

少年园艺场

十二月三日，我们访问了鳝樟乡。

鳝樟是一个美丽的山乡。鼓岭像一道长长的，高高的，苍绿的围墙，矗立在北面。溪瀑从山涧冲激下流，把这里人家分成前溪后溪两个村子。

后溪这座小学，据辅导员说：是从解放前只有六十个生徒的私塾，发展成拥有三百多个学生的一所完小。一九五五年的六一节，他们建立了少先队，有队员一百二十人。暑假里，队员帮助烈军属做除害虫的工作，做得很积极，他们打了一千九百多头老鼠，捉了几万只的螟虫。秋收活动里，他们拾了八百六十多斤的谷穗，卖得六十多元，正在准备成立一个少年园艺场，一切还没有安排就绪，但是地里的小麦和蔬菜已经种上了，要去看看是可以的……

我们欣然地携手走出村外，抬头看见半山上的白马王庙。据说这白马王是从前越王郢的第三个儿子——白马三郎。他曾在这地方，射中了一条藏在山上深潭里的巨鳝。因此这乡本来的名子叫鳝溪。鳝樟完小就设立在这座名胜古迹的庙宇里。

我们曲折地登上几百层的石磴，在离校门不远，山路两旁的斜坡上，看到两片青翠整齐的田地，插着许多标志，那便是少年园艺

场的工人们，种下的芜菁、白菜和小麦。

校门口有两棵很大的樟树，据说也是很古的。校内十分整洁。正殿改成的礼堂，明亮宽敞。礼堂左侧的屋子里，墙上还有木雕的鳝鱼头，旁边还有碑文，因为天晚了，没有读记下来。

暮色苍茫之中，我们出了学校，到山上去看鳝潭。冬天水枯，山涧里堆着无数大大小小的石头。想到夏天水大的时候，坐在这大石上看水乘凉，一定是很有趣的。

沿溪还有几个很大的水磨车轮，在丛树隙中，徐徐转动，那是村里人家舂米的地方。我们过了板桥，上到有几十层大石板的旷地，在削立的岩壁之下，看见了"下潭"，是很阔很深的一个水潭，四围都是高岩密树，风景十分幽美。

下山的时候，十二岁的队员代表陈敏秀，忽然拉着我的手，抬头笑问："您从北京来，毛主席可健康？他老人家住的地方离我们这里有多远？"这时太阳已落到鼓岭后面，天红似火！我回头指着这座霞光灿烂的高山，笑说："毛主席就住在这大山后面几千里远的北京城里。他老人家身体好得很，他时刻地在关心你们的成长。"她快乐地笑了，说："我们知道毛主席是关心我们的，要不然，他怎会派您来看我们呢？"

回到北京以后，我时常惦念这个少年园艺场，也时常惦念着这些天真无邪的小园艺家们。前些日子，我收到他们的一封信，上面说：

……迟迟写信的原因，是因为您关心我们种植的蔬菜和小麦……大家都希望它长得快，长得好，要把好的成绩告诉您。现在白菜快要收成了，我们要供应给在登云水库做工的工人叔叔们吃。芜菁也长得不错。条播的小麦，长得很快，已有一尺多高。有机会就把它们拍两张小照寄给您，使得您看到我们劳动的成果，而感到高兴……

我没有得到他们寄来的照片，因为我还没有回复他们的信。但是前天我在报纸上，看到"福建省大麦小麦等作物普遍丰收"的可靠的消息，我就联想到我的小朋友们的小农场和小园艺场上，收获工作也一定已经圆满结束，他们又该忙着别的种植活动了。我的心头涌起了暖烘烘的情感！这些跳跃奔走热爱劳动的孩子们，他们是永远不懂得休息的。

福建军区授衔典礼

一九五五年十二月十五这一天，是我一生中最难忘的日子！

这是福建军区授衔典礼的一天，能够参加的人，都感到万分的兴奋。

这天天气就好，夜里下过一阵微雨，早晨阳光灿烂，更显得大地上一片花红叶绿。礼堂内外彩旗飘扬，庄严隆重，我们满怀着快乐而严肃的心情，走进礼堂。

从台上望下去，忽然觉得心头一紧，喉头仿佛也哽塞了，眼前是多么使人激动的景象呵！楼上楼下站满了穿着簇新的军服的最可爱的人，他们笔直地站着，那样的整齐，那样的雄壮，当军区长官宣读军衔命令，念到每一个校官尉官名字的时候，整个礼堂静肃得一点声音都没有。

望着这几百张严肃威武的脸，听着耳边流过的一个个响亮的不熟悉的名字，我似乎觉得这队伍在不断地扩大，延伸到礼堂以外，充满着祖国的四边！我眼前也似乎掠过一幅一幅的壮美的图画：三十年来，是谁在中国共产党的坚强领导之下，进行着无比惨酷的反帝反封建的斗争？是谁在荆棘遍地，虎狼遍野的大地上，替我们杀出

一条血路，把我们带到社会主义社会的大道上来？是谁"雄赳赳，气昂昂"地跨过了鸭绿江，在朝鲜战场上，从"一把炒面一口雪"的极其艰苦的条件下开始，把最凶恶的美国侵略者，打回到三八线？是谁在解放了的祖国土地上，修桥，造路，开山，填海，垦辟着农场，挖掘着水渠？是谁在高原上，海岸上，森林里，河流边，严密地防守着祖国的边疆？就是我们所在地的福建，是谁使得在国防最前线上的一千三百万的人民，能够安静不惊地进行着社会主义建设和社会主义改造的工作？啊！是谁使得我们工厂里的大小轮机，仍能不停地隆隆转动；我们美丽的田野上，仍能四季常青的丰收；我们的街道商店，仍是一片的繁荣热闹；我们青年学生仍在兴高采烈地工作研究；我们的小孩子仍在快乐健康地学习嬉游？……

一想起这些，一想起这一切，我们不能不满含着感谢的热泪，向着我们的子弟兵，我们自己的军队——中国人民解放军，献上最崇高的敬意！

亲爱的小朋友，我从台上望下去，似乎这一排排的严肃威武的，不熟悉的脸，又换成一个个笑嘻嘻红扑扑的，我所熟悉的小脸。在这几年里，不知道有多少小朋友，向我一再地，郑重地表示：长大了要当人民解放军！他们有的双臂摇着我的肩膀，面对面地问我："您知道我长大了要做什么？和董存瑞、黄继光叔叔一样，我要当人民解放军！"有的手里托着自造的纸飞机，嘴里吹出呜呜的声音："看，十年以后，我做一个人民空军，我驾着这么一架飞机，在祖国的天空上巡逻！"有的大大地叉开双腿，两手叉在腰上，昂着头说："多大的海风，也不能把我吹倒，我是一个人民海军，巡驶在祖国的海岸上！"

是的，小朋友，这些都是做得到的，只要你身体好，学习好，工作好。十年以后，这些台下的军官，就是你们的首长，他们会教育你，训练你，使你成为一个像他们一样的勇敢坚强的近代化的战士。他们中间也许有人会复员了吧，但是我知道他们在自己复员后的岗位上，看到有像你们这样的接班人，一定会发出满意的、放心的微笑！

授衔典礼连着庆祝了三天，在酒会和晚会上，我们都有和军官们接触的机会，看着他们耀眼的肩章，紧束的佩带，听着他们爽朗的笑声，和素朴热诚的谈话，我们那几天的心情，一直是快乐兴奋的！

从福州到厦门

十二月二十一日，我们从福州又去到厦门。

我们五时半出发，六时到了乌龙江口。天刚刚亮，对岸的山，好像是浓墨画成的，带点紫又有点黑。浅绿的江水，滚滚地在翻腾。过了江，天色渐明，公路两旁的田野上，农民们已经在做各种的工作。这里的妇女们，和闽北不同的地方，就是人人头上，系着一条鲜红的遮阳的头帕，在绿色的平野上，像点点红星一般，闪闪夺目。

多少年来"一年辛苦，只盼冬闲"的农民们，在土地归了自己，而且建立了农业合作社之后，生产热情空前高涨了。沿途我们尽看见修建水库水渠的人们，男男女女，往来如织。他们在新掘的水道中间，抬石运土，谈笑歌唱，他们要用一冬的辛苦忙碌，来换以后年年的丰收。

树林里还不时露出红色的小楼，那是归国的华侨们自己盖的农舍，他们从海外归来，把海外的房屋样式，也带来了。

福建省是许多海外华侨的故乡，在反动统治时代，福建算是贫瘠的省份，山多地少，又没有水利，加上反动政府的剥削压迫，沿海一带的人民，就纷纷出国谋生。他们只凭着自己一副聪明的头脑，一双勤劳的手，在海外起家立业，但是他们对于自己的家乡，永远有着深厚的怀念，他们将自己劳动得来的金钱，寄来赡养家中的老少，就是他们自己老死在异国，遗嘱上也总是吩咐"运骨还乡"。解放前，

在国外的华侨，就像孤儿一样，受尽帝国主义者的欺凌，反动政府在国外的使领馆，不但对他们没有尽保护的责任，还向他们百般地讹诈勒索，我们的华侨们就在这双重枷锁之下，受了几百年的冤苦。也正因为这样，所以我们的华侨，才几十年如一日地为着祖国的独立和解放，贡献出他们一切的力量。中国解放了，人民站了起来，华侨也翻了身，他们不再是孤儿了，祖国母亲般的慈爱，像阳光一样，照遍了天涯海角。在国内，华侨家里的一切，都受到无微不至的照顾，祖国安定繁荣的环境，也使他们高兴地将国外劳动所得，投资于国内的建设事业；在国外，居住在我国有邦交的国家里的华侨，都得到了合法的保护，使他们能够安心地和当地人民合作，一同为所在地的繁荣和平而努力。

在马来亚那些地方，华侨还受着压迫，他们就纷纷地投到祖国的怀抱里来。在福建省，闽南一带是华侨的故乡，这里有华侨的农村、工厂、学校、剧场……他们在自己的乡土上，过着高兴热烈的建设生活。

在福建省内旅行，你会感觉到不但木头多，而且石头也多！因此桥梁，建筑，就有许多是石头做的，真是又结实又美观。在惠安和晋江的交界之间，横跨着一座长长的美丽的石桥，那就是历史上有名的"海内第一桥"的洛阳桥。桥下的浅水里立着三五一堆的小石柱，据说是养牡蛎的设备，春夏水涨的时候，牡蛎附着在石柱上生长，冬天就可以撬下来吃。

在晋江的开元寺里还有建国和仁寿两座石塔，也都是宋代的建筑。建国塔高四十八公尺以上，仁寿塔高四十四公尺以上，非常的雄伟美丽。用偌大石块修桥盖塔，要有很艰苦的劳动和精密的设计，我们祖先的智慧和毅力是惊人的！

路旁山上，繁密的相思树的幼苗，都在欣欣地生长，几年以后，

这里又是很大的森林。南方雨多天暖，在自然条件上，"绿化"工作，比华北要容易一些。

到了厦门了，斜阳下，海风在吟啸，海波闪耀出万点的银星。我写到这里，心中十分激动，十分快乐。小朋友！我只能告诉你，厦门的建设是伟大的，厦门的人民是勇敢的，这个福建省最边沿的美丽的城市，有着全国人民最深切的关怀和支援，他们在这里不断地创造着奇迹……

国防最前线上

十二月二十六日，我们到了厦门最南端海边的一个小村庄，去访问驻在那里的部队。

我们在公路旁边下了车，走过极其平坦干净的场地。田地上有农民们在忙着冬耕；带着红领巾的小朋友们，在学校门前奔走游戏；银灰色的鸽子，在人家屋脊上悠闲地啄刷着翎毛；圈在栅里的肥猪，摇摆着大耳朵，用慵懒的目光，看着过往的行人；这里是一片沉静安宁的空气！

走近一处民居，一个解放军排长笑嘻嘻地迎面走来，向着引导我们的军官，笔直地立正，嘴里说："××团××排值日员××报告，请指示！"他脸上充满着喜悦。这位军官，还了礼，也是笑嘻嘻地用慈父般的眼光看着他，眼旁聚起了慈祥的笑纹。他们中间的温暖的感情，感染得我们心里也是热烘烘的。

排长带领我们进入一个班的卧室：整齐排列的仄仄的板床上，铺着白白的床单；洗过的军衣，叠得平平地放在床头；长方形的蚊帐，也都拉得平平地搭在横系着的绳上。墙上挂着战备训练的流动奖旗，和

战士们自己写的问答小纸。在放武器的小屋里，还有战士们自己做的枪架；旁边放着很平正的背包。排长告诉我们，这背包里包着四十斤重的石块，每天背着它练习行军，这重量和全副武装是一样的。

在这里，老百姓和解放军杂居在一个院内，当我们穿堂入室的时候，在院里站着的老大娘和抱着孩子的小媳妇们，都向我们点头微笑。

在有些屋子里，战士们正在为他们庆祝新年的晚会，糊着精巧带穗的红纸灯笼。有的在用彩色的水笔，洒出庆祝元旦的标语，在这些创作上，艺术的意味都很浓厚。

还有使我们很感兴趣的，是缝纫间和厨房。在缝纫间里有几位解放军在踩着缝纫机，修补着破损的军衣。我们可以看出战士们战备训练的紧张，衣服破处都在肩背、臂肘和膝盖的地方。厨房清洁光亮。烧火的木柴，整齐地砌起，像短墙一般，围在门外。灶门开在后墙上，添火扫灰，都在外面动手。厨房内是光洁的大灶，和带有铁纱门的大柜，大锅里正炒着菜。炊事员们穿着白衣，戴着白帽，也是笑盈盈地回答我们的问话。

我们在参观和休息的时候，都和战士们交谈。他们来自祖国的各个地方，操着略带着本地口音的普通话，在亲切热情之中，还有些拘谨，但是一提起国民党军炮轰沿海村落的时候，他们的眼光就严肃了起来，紧紧地握着放在膝上的拳头，沉着地说："我们一定要解放台湾！我们时时刻刻地在等候着进军的命令！我们一定要完成这个神圣的任务！"这些话像铁铸的字一样，坚硬，有力，字字打上我们的心坎！我们知道这是前沿战士们心里充溢着的愿望与情感，锤炼出来的钢铁一般的誓词！

我们又由军官带领着，走到野地上，远远地看见一队战士们正

在练习围攻一千公尺外小山上的敌人山寨。零零星星的几个小黄点，在铁丝网下面静伏着，忽然浓烟起处，铁丝网突破了，那几个小黄点像飞一般，跳上了两丈多高的陡壁，占领了山寨，战士们行动的迅速，赢得了大家的惊叹。军官又带我们到一处小丛林下面，那里进攻碉堡的演习，正在开始。这回离得近些，看得清楚：另一个小山头上，立着圆圆的白色的碉堡，山脚四周有一丈多宽的濠沟，濠沟四周还有铁丝网。全副武装的战士们，三三两两沉着地爬伏在树后和斜坡上，一声令下，战士们像猛虎逐鹿一般地跃起，跑在前面的用长竿头的炸药把铁丝网爆破了，掮着长梯的把梯子往沟底一倚，自己伏在梯上，撑竿跳似地，连人带梯子都扑了过去，后面的战士们紧跟着也都攀梯而上，他们一面扔着手榴弹，一面往上跑，纵身爬上很高的陡壁，准确地向着敌人的地堡眼射击……从进攻到占领，一共才有两分钟的工夫！

下午，我们又到一处高地，先是迂回曲折地绕上很大的山坡，又爬上很仄很陡的山径，进到一间点着电灯的洞室。在这里休息了一会，我们就登上高踞岩顶的瞭望台，大海已经横在我们面前了！一个守望的战士，从高椅子上下来，让我们从望远镜里来观看金门岛。在平静的海面上，许多零星的岛屿，就像飘在我们面前的田螺一般，伸手就可捞到。大小金门岛，

是长长的两行，更看得清楚。岛边排立着的一根根架着铁丝网的白柱，都数得出来。岛上有零落的村舍，有曲折的道路；田地上有人，有牛，在蠕蠕移动。听说金门岛上，还有几万居民呢，这些处在水深火热之中的同胞，是如何的渴望解放呵！

下了高地，我们沿着海边，到了沙滩上的一处广播站，有几个很年轻的人员，在这里工作。广播员是两个双辫姑娘，都是江南人，没有到过北京，普通话说得极好。广播开始了，我们轻轻地从屋里走出，站在沙滩上听着。在前沿铁丝网的后面，很大的喇叭口，正向着南方。广播了嘹亮的《解放军进行曲》之后，就读了一封住在杭州的一位小朋友，给她的在国民党军做海军军官的哥哥的一封信。信里提到解放前分别时候的痛苦，和现在家庭中快乐的环境，只是大家都日夜挂念着陷落在蒋军中的哥哥，切盼他赶紧回来等等……信里充满了情感。背后耸立的石壁，发出了清亮的回响，北风掠过平静的海面，向着金门岛吹去。晚霞里，金门岛上南望祖国的国民党军官兵们，一定会一字不漏地听到这正义清朗的声音。

从这里，我们就走上归途，一天的访问告了结束。我们恋恋地举目四望，低头摘了几朵沙滩石缝长的，很大的紫花黄花，夹在笔记本里。这些美丽的野花，曾在海边上，日日夜夜，和英雄战士们在一起。将来再打开笔记本，看见这些花，就像看见他们一样！

最可爱的人

第二天，我会见了两个最可爱的人。

第一个是战斗英雄全能炮手王文进，就是他这一个排，在九月四日到十二日，九昼夜之间，击落击伤了十二架敌机，创造了辉煌的

战绩!

在前线部队里,谁都知道王文进,也都喜爱王文进,大家喜欢他还不只因为他是全能炮手,战斗英雄,还因为他是大家最知心的朋友,他是政治学习的辅导员,文化教学的小先生;他热情,直爽,诚恳,平时在战友群众中,是个爱说爱笑的小伙子;一坐到高射炮前,面对着敌机的时候,就表现出他的高贵品质的另一方面,英勇,顽强,沉着,果敢,他是一个全面发展的革命战士!

我们谈了一上午,这个爱说爱笑的小伙子,告诉我他自己一生的事情:他是个贫农出身的孩子,因为家里弟兄多,五岁就被领出去做了养女婿……他说:"那一家人就是不爱劳动,光叫我一人下地干活,我受不了啦,十二岁就逃了回来。"

回家后他就跟着哥哥,做着党的地下工作。一九四九年五月,他参了军。一九五一年,他入了新民主主义青年团。一九五五年六月,他光荣地参加了中国共产党。

他笑说:"我早就想参军了,可是说什么他们也不让我去,要把我留在地方上。那一次我是送六个青年去参军的,我们都是很好的朋友。我要回去的时候,他们都舍不得,说:'你把我们送来就走,不成了兵贩子了么?'我就抓住这一句话,我向地方上说:'我不能回去,我不能当兵贩子,我一定要和他们一起参军。'这样我就待下了!"

我问:"你怎么就当了高射炮兵呢?"

他的含笑的目光,突然跳动了一下,低头拿起小桌上的一个火柴盒子,"心不在焉"地看着,再抬起头来的时候,脸上充满着愤怒和痛苦,他沉重地说:"那一年,在我的家乡,国民党的飞机来了,有一列火车刚刚到站,炸弹就向这列车猛扔了下来!我看见一个老大娘,抱着一个孩子,被炸着了,两个人烧死在一起。还有一个小孩子，大约只有五六岁吧，刚从冒着浓烟的火车上爬下来，就被炸死在车旁了。看到车旁地上这些孩子们的模糊的血肉，我浑身发抖！我立誓要当一个高射炮手，狠狠地打国民党的飞机，给孩子们报仇！"

祖国，我的母亲，
又亲切地教导我怎样
做一个社会主义的
我向你宣誓；
一庆熟

　　我们都沉默了下来，过了一会，还是我先开口，我问："人家称你为全能炮手，怎么样才是'全能炮手'呢？"他微微地笑着："是这么回事：炮手分做六级，第一炮手管操纵，第二炮手向天发射，第三是信管测核手，第四是高低瞄准手，第五是弹药手，第六也是弹药手，不过他还管摘下炮帽，这六个炮手是各有所司的，我立志把这几种操作全都学会，全部学好。"

　　我说："这太不容易了！"

　　他笑说："不容易也不困难，怕困难就报不了仇了！"

　　我说："把你给孩子们报仇的战绩，说给我听听。"

　　他搓了搓手，笑说："不是我，是我们整个排，也是我们整个军队。九月初，国民党的炮舰，就不住地开炮打我们的高射炮阵地，我

们白天坚持着修理工事, 夜里也不肯休息, 连长就把铁铲什么的都收起来了, 我半夜还是摸黑出去, 发现我的战友们已经把铁铲偷出来, 蹲在那里等我了! 我的战友真好真多呵!"

我发现他每一次提到"战友", 脸上就洋溢着快乐的自豪的神情。他的战友们是幸福的, 他自己也是幸福的!

"我们这一排在二连里展开了挑战, 摩拳擦掌等候着敌机的到来。九月四号那一夜, 我们半夜就睡不着了, 大家悄悄地起来围守着炮身。好容易天亮了, 又好容易望见天边几架'老母猪'—— 这是我们给B29型轰炸机起的外号 —— 摇摇摆摆地向着我们来了! 我们兴奋得彼此盼咐着: '沉着点! 沉着点!' 可是仿佛谁也沉不下气去, 等到它们进到了火力网, 我们仿佛用尽全身气力, 发出炮去, 只听见观察员报告说: '一个猪头没有安好, 掉下去了!' '又一个老母猪老老实实地往下跑, 跑到海里去了!' 从那时起, 九昼夜里, 我们打落打伤了十二架敌机……这不过是开始! 他们敢再来, 还有好的瞧!"

听着他谈话是一种快乐! 他的眼里充满了幽默感, 在他心中眼中没有什么艰苦和困难, 最吃力的事他仿佛都能毫不费力地做了, 他真是一个最可爱的人呵!

下午我会见的是一个刚满二十岁, 入伍刚刚两年的青年战士曾文质。他是一个冲锋射击手, 以十三秒时速创造了十弹九中的最高纪录。

这时他侧斜着身子, 坐在我的对面, 剑眉大眼, 红红的脸, 小小的嘴, 仿佛浑身充满了弹力! 谁会相信他参军的时候, "身重才七十五磅, 身量还没有步枪高, 穿着三号军服还像小大衣一样"呢?

他是福建平和县一个贫农的孩子, 解放前, 在地主保长压迫剥削之下, 过了痛苦的童年。解放后, 一九五三年为了响应抗美援朝, 保家卫国的号召, 这个十八岁的山沟里的孩子便参了军。

他从田地上挪到军队里来，从熟识的锄头镰刀，换成一支黑黝黝的步枪……而且他又只会说闽南方言，听不懂普通话，这更给他增加了学习上的困难。就在这关口，他突出地表现了他的不怕困难的高贵品质。

他的苦练成钢的事迹，说起来就太长了 —— 在他学习射击的时候，他总也不能"闭起一只眼睛"，总也不能"在发射时停止呼吸"，总也不能"沉着不慌"……但是他都咬着牙克服了。原来他心里有个目标，他立志要向张桃芳学习！那张桃芳不是别人，正是一个在朝鲜前线，在三十一天里用四百三十七发子弹，打倒了二百十一名敌人的青年狙击手。这英雄事迹深深地渗入他的心灵里，革命战士的荣誉感和责任感，激励他战胜了学习中的困难。

他终于掌握了射击的技术，而且创造了以十三秒时速十弹九中的最高纪录了。但是他并没有停止在这一阶段，他没有感到满足，他还要在他的战友中间，消灭射击不及格的现象，他将自己苦练中得来的经验，以个人示范的动作，仔细地教给他们。他作副班长的时候，因为他很好地介绍了自己的射击经验，使得刚入伍的新兵，三天内就能得到射击上的"优秀"。

新兵们爱戴他，信任他，不是没有原因的，他对于战友们有着无微不至的关怀：在日常生活中，轮到他值日的时候，他常用自己的肥皂，洗全排同志的衣服；他刷净全排同志的鞋子；他把上级发下来的他自己需要的物品，让给别人。有个新兵，因为肚子痛，想起家来，半夜里哭泣着叫着"妈妈"，他立刻起来给他抚摩着肚子。这个小新兵感激地说："副班长对我简直同我的妈妈一样！"从此就不想家，工作也积极起来了。

他告诉我：有一次，他在前沿站岗，那是一个风雨之夜，在呼啸

的海波声中,他仿佛听见金门台湾受着苦难的同胞,在沉黑中向他伸出了求援的手,他的眼泪落下来了。回来后,他在笔记本上写下了这样一段话:

祖国——我的母亲,

你从苦难的旧社会里把我拯救出来,

又亲切地教导我怎样做一个社会主义的新人。

我向你宣誓:

一定熟练地掌握手中武器,

看守好祖国的大门,

敌人胆敢闯进来,

就一枪消灭它一个!

不管他是"国民党兵"还是"美国鬼",

保险叫他来了就甭想回去。

当你发出对台湾进军的命令,

我将和战友们一道,

立即去拯救那些被踩躏的同胞们。

向特级英雄黄继光学习!

向青年狙击手张桃芳学习!

学习他们那种高度的国际主义和革命英雄主义的精神!

小朋友,这不是很真实的情感么?

这个战士,也是全面发展的一个青年,两年来除了得过几次二等三等功以外,还获得军事、政治、文化学习的奖励,以及队前嘉奖和通报表扬等等。他在一九五三年一月入伍,同年的七月就加入了中国新民主主义青年团,一九五四年十二月,又光荣地加入了中国共产党。

小朋友,这两位最可爱的人,都是在学习中不怕困难;都是珍爱革命同志的友谊;都是严格地要求自己,做一个全面发展的人。这些高贵的品质,都是我们应该努力学习的。

两个少年工厂

在我离开故乡的前夕,抽出一个下午来,访问了两个少年工厂。

我对于少先队和学校帮助小朋友们,利用课余活动时间,来成立小工厂小农场的办法,很感兴趣。我觉得这样不但在教学上可以收到理论和实践相结合的效果,而且这些活动都是有组织,有计划,有训练的,对小朋友们将来在社会里的业务和技能,都会有很大的帮助。

这一天,可惜时间太短了,来不及和两个工厂的小厂长,小工人以及辅导员们,作较长的谈话,但是我的印象却是很深的。

第一个访问的是福州市台江区私立万寿小学的少年工厂。台江区是手工业区，这所小学里有八百多个学生，多半是手工业工人的子弟。校长和辅导员向我简单地介绍了这个成立不久的小工厂：厂里有一百零八个工人，工厂的组织有正副厂长，办公室分四部分，有宣教科，工程处，庶务股和保管股；车间也有四个，是电工、木工、竹工和缝纫；每个车间都有主任、工程师、技师和技工；工程师请的是教员或家长担任。

这是一所小学校，一切都小得可爱! 小厂长，才有十二岁，十分正经而又兴高采烈地带我参观了各个车间。我们先进到小院右厢的一间小屋，这是缝纫车间，长桌边上挤坐着满满的小女工，有的在画纸样，有的在剪绒布，有的在缝⋯⋯都在忙忙碌碌地操作。架上摆着许多做好的彩色绒布的玩具，小人，小兔，小鸡⋯⋯都很精巧好看。小厂长告诉我，这都是给本校幼儿园做的"定货"。墙上贴着红绿纸的标语，还有许多小条的"决心书"，也是短小得可爱! 字数不多，字迹却很整齐，都是决心要"完成任务"，或是"超额完成任务"。

我们又到电工、竹工、木工几个车间，巡视一周，这些车间里的工人们，工作都很紧张，也多半是做些"定货"，如小竹尺，小竹牌，小木盒等等。小工人们微笑着紧闭着小嘴唇，小手紧握着小工具，小脸上泛出小小的汗珠。他们锯的锯，劈的劈，钻的钻，磨的磨，这些工具的声音，奏出了劳动的交响乐。

小院子里有一小炉火，两个小工人戴着防护眼镜在打铁。打铁的声音很大，工人却是很小!

我向他们道别的时候，小工人们都围了上来，送给我许多本厂的出品：小布兔啦，小竹尺啦，小木盒啦⋯⋯许多小巧可爱的东西，作为我们会面的纪念。

从这里我们又赶到本区里的福州第四中学。

第四中学是在临江的山坡上，学生有一千四百多人。这里的少

年工厂，是福州市第一个少年工厂，工人有一百一十人。厂内有正副厂长，组织科内分人事股和保卫股；财务科内有会计员、出纳员和保管员；有电机、化工、土木、航模、绘图五个车间，车间里也有技师、工程师和技工。

这个学校是中学，这工厂又是本市的第一个少年工厂，工人年纪和工厂规模都比较大一些，各车间里都摆着满箱满架的出品，如化工车间出的粉笔、红蓝墨水……电机车间出的电铃……木工车间出的蒸汽机模型……航模车间出的飞机模型……等等，种类繁多，都是学习或是教学用具。学校向工厂购货，价格比市货低廉一些，而小工厂还能得到一点利润，再来扩大生产。这时正是新年将到，化工车间替教员们赶制批卷子的红墨水，绘图车间在给学校赶制宣传画，和庆祝新年的图画……楼上楼下几个车间，都忙成一片！

参观完毕，小厂长让我和全体工人见了面，讲了几句话。每个车间又送给我许多礼物，我的双臂都抱不过来了，小朋友们抢着替我拿了东西，一直把我簇拥着送到山坡下的大街上。

我这一次还乡，真是满载而归！我的心里填满了在故乡所见所闻的新鲜快乐的回忆；我的箱子里还装满了故乡的小朋友们赠我的许多礼物——在福州期间，有三个小学的三个少先中队，来访问过我。我们一同看了布袋戏，小朋友们除了给我表演歌唱，跳舞，朗诵，魔术之外，还送给我许多他们劳动的创作，如布袋人、木偶戏剧本、作文成绩、纸花等等。

回到北京以后，我把我所喜爱的，这些贵重的礼物，分送给了北京的小学校、托儿所的小朋友们，让他们去观摩欣赏。我自己只留下了一个小小的指南针，放在我的书桌上。这针的指向南方的一端，是红色的，就和我的火热的心一样，永远指向着祖国南边的，我的"少年的故乡"和"故乡的少年"！

送给孩子们的经典美文

Song Gei Hai Zi Men De Jing Dian Mei Wei

名家经典必读书库

《阳光男孩故事》　　《阳光女孩故事》

《弟子规》　《中国民间故事》　《父与子》

《中华寓言故事》　　《中华成语故事》

《宋词三百首(精选)》　　《中国经典童话》

彩绘
注音

送给孩子们的经典美文

《365夜童话》   《三字经》

《安徒生童话》   《世界著名童话》

《父与子（全彩畅销版）》 《唐诗三百首》

《格林童话》   《一千零一夜》

《经典神话传说》   《伊索寓言》

图书在版编目（CIP）数据

　繁星春水 / 冰心著；杜斌绘. — 3版. — 长春：
吉林美术出版社；济南：山东美术出版社, 2019.5
　（美绘经典系列）
　ISBN 978-7-5575-4721-9

　Ⅰ.①繁… Ⅱ.①冰… ②杜… Ⅲ.①诗集－中国－
现代 Ⅳ.①I226

中国版本图书馆CIP数据核字(2019)第073069号

美绘经典系列　**繁星春水**

作　　者	冰　心	
绘　　者	杜　斌	
出 版 人	赵国强	
责任编辑	栾　云	
编　　辑	杨　溢	
开　　本	787mm×1092mm　1/16	
印　　张	12	
版　　次	2019年5月第3版	
印　　次	2019年5月第1次印刷	

出　　版	吉林美术出版社
	山东美术出版社
发　　行	山东美术出版社
地　　址	长春市人民大街4646号
邮政编码	130021
电　　话	0431-81629549
网　　址	www.jlmspress.com
印　　刷	延边星月印刷有限公司

ISBN 978-7-5575-4721-9　　　定价：28.00元